一笑

古龍自署

國際學術研討會

與

武俠小說

古龍武俠小說 領先時代半世紀

【記者賴素鈴／報導】江湖代有才人出，這廂古龍凋零二十載，那廂今朝懸賞百萬獎新秀，浪淘不盡，唯有武俠熱愛，不隨時間變易，在學術研討會上更見分明。以「一代鬼才：古龍與武俠小說」爲主題，淡江大學第九屆文學與美學國際學術研討會昨起在國家圖書館，展開爲期兩天的議程，紀念武俠小說家古龍逝世二十周年，新生代學者與古龍故舊齊聚一堂，以文論劍話武俠。

日前與淡大中文系教授林保淳共同發表《台灣武俠小說發展史》，武俠小說評論家葉洪生昨天在專題演講中，直批胡適1959年底發表「武俠小說下流論」是「胡說」，學界泰斗的不當發言以及隨即展開的「暴雨專案」，反而促成1960年起台灣武俠新秀的繁興，「武俠小說迷人的地方，恰恰在門道之上。」，葉洪生認定，武俠小說審美四原則在文筆、意構、雜學、原創性，他強調：「武俠小說，是一種『上流美』。」

集多年心血完成《台灣武俠小說發展史》，葉洪生認爲他已爲從十歲起迷上武俠小說的半世紀畫上完美句點，並且宣布他「以後決心退出武俠論壇，封劍退隱江湖」。

雖然葉洪生回顧武俠小說名家此起彼落，套太史公名言「固一世之雄也，而今安在哉？」，認爲這是值得深思的嚴肅課題，昨天意外現身研討會而備受矚目的溫世禮，則爲了紀念同是武俠迷的哥哥溫世仁，推出第一屆「溫世仁武俠小說百萬大賞」，即日起至今年10月3日截止收件，經兩階段評選後於明年12月7日公布首獎得主，預料將會是一場武林新秀的龍虎爭霸戰。

看明日誰領風騷？風雲時代出版社發行人陳曉林眼中的古龍，其實領先他的時代半世紀，以致如今雖然古龍逝世20年，陳曉林認爲大家對古龍的了解仍然有限，預言未來世代更能和古龍的後設風格共鳴。

昨天這場研討會，也凸顯武俠小說作爲一項文學研究門類，仍有待開發學習空間。多位與會者都指出，武俠小說的發表、出版方式和管道具考證難度，學術理論與論文格式的建立待加強。而武俠名家的版權之爭、市場競爭力，也增加出版推廣困難，古龍武俠小說的版權糾紛、司馬翎作品的版權官司也成爲研討會的場外話題。

第九屆文學與美
一代鬼

古龍兄為人慷慨豪邁，跌蕩自如，變化多端，文如其人，且復多奇氣，惜英年早逝，余與古兄當年交好，且喜讀其書，今既不見其人，又無新作可讀，深自悼惜。

金庸

一九九六．十．十一．香港

歡樂英雄

(下)

古龍精品集55

歡樂英雄（下）

目 • 錄

卅二 金大帥

酸梅湯，梅汝男。

郭大路只覺得眼前一亮，失聲道：「是你，你怎麼到這裡來了？」

梅汝男笑道：「我正想問你們，你們兩個人怎麼會跑到這裡來的？」

燕七搶著道：「你能來，我們爲什麼不能來？」

梅汝男道：「你們來這裡幹什麼？爲什麼站在這裡發怔？」

燕七道：「我們在等你。」

梅汝男道：「你怎麼知道我會來？」

燕七道：「我會算。」

梅汝男嬌笑著，輕輕打了他一拳，吃吃的笑著道：「你呀，你說的話我連一個字也不信，因爲你是個……」

燕七突然掩住了她的嘴巴，臉上彷彿又有點發紅，著急道：「你若敢胡說八道，看我不撕破你的嘴。」

郭大路看得又怔住了。

燕七明明已拒絕了酸梅湯的婚事，酸梅湯本該恨死他才對。

兩個人見了面爲什麼還這樣親熱呢？

梅汝男眼珠直轉，看看他，又看看燕七，抿嘴一笑，道：「好，我不說，可是我也不聽你的，小郭說話比你靠得住。」

她立刻就又問道：「小郭，我問你，你們來幹什麼的？」

郭大路乾咳了兩聲，勉強笑道：「什麼也不幹，只不過……只不過來逛逛而已，到這裡來逛逛總不算犯法吧？」

梅汝男看看燕七，笑道：「你聽，小郭雖然也在說謊，但說起來就沒有你那麼自然了。」

她又輕輕的給了燕七一拳，道：「其實你們就算不說，我也知道你們是來幹什麼的了。」

燕七道：「哦？」

梅汝男眼波流動，笑道：「你們最近一定又輸得像鬼一樣，所以想到金大叔這裡來，弄幾十個金彈子回去作賭本，對不對？」

郭大路看著她，怔住。

看來這丫頭除了不知道怎麼去找丈夫外，別的事她知道得真很不少。

梅汝男的微笑還在臉上，卻又輕輕嘆了口氣，道：「只可惜你們這一趟大概是白來了。」

郭大路忍不住問道：「爲什麼？」

梅汝男道：「一個人的年紀愈大，就變得愈小氣，金大叔今年已經有五十多，所以……」

郭大路道：「所以怎麼樣？」

梅汝男道：「現在他已發現在家裡將一袋袋的金彈子數著玩，也遠比用來打人有趣得多。」

燕七忽然道：「你剛才說的是金大叔？」

梅汝男點點頭。

燕七道：「金大帥是你的大叔？」

梅汝男道：「不是親叔叔，只不過我們從小就叫他大叔。」

燕七道：「你從小就認得他？」

梅汝男笑道：「我還在我娘肚子裡的時候，已經常常到這裡來玩了。」

燕七看了看郭大路，郭大路想說話，又忍住。

梅汝男道：「你們究竟在打什麼主意？我猜得對不對？」

燕七道：「不對。」

梅汝男嘆道：「那麼我這個主意，也就不必說出來了。」

郭大路又忍不住搶著問道：「什麼主意？」

梅汝男淡淡道：「既然你們並不是爲此而來的，我說了也是白說。」

郭大路道：「我們若是爲此而來的呢？」

梅汝男道：「那末，我也許還能替你們出個主意，幫你們個忙。」

郭大路道：「那末我就告訴你，你完全猜對了，你簡直就是個活活的諸葛亮。」

梅汝男「噗哧」一笑，道：「我就知道，還是你比他老實些。」

郭大路道：「但你的主意呢？你不說可不行。」

梅汝男背負著雙手，慢慢的踱起方步來，就好像真的將自己當成了諸葛亮。

燕七冷冷的道：「我就知道你這個人從來不說老實話。」

梅汝男笑道：「隨便你怎麼樣激我，都沒有一點用的，我不說就是不說。」

郭大路道：「要怎麼樣你才肯說？」

梅汝男道：「要有條件。」

郭大路道：「什麼條件？」

梅汝男眨了眨眼，道：「到手的買賣，見面分一半，這句話你們總該聽說過。」

郭大路笑了，道：「原來你想黑吃黑。」

梅汝男道：「其實我的心並不太黑，也不想真的分一半，只三七拆賬就行了。」

郭大路道：「你的主意若也不靈呢？」

梅汝男道：「靈不靈當場試驗。」

郭大路笑笑道：「我看你真該改行去賣狗皮膏藥才對。」

梅汝男道：「我這狗皮膏藥你們買不買？」

郭大路道：「不買也是白不買。」

梅汝男嫣然一笑，道：「我不賣也是白不賣。」

梅汝男帶著燕七和郭大路，從後面轉到這黑巷子裡來。

這條巷子當然比前面窄得多，巷底有個窄窄的黑漆門。

高牆。

燕七道：「這就是金家的後門？」

梅汝男點點頭，道：「牆裡面就是金家的後園，一開了春，金大叔就從前面的暖閣搬到後園來住了。」

郭大路聽著。

梅汝男道：「現在我就從這裡跳牆進去，你要在後面追我。」

郭大路道：「然後呢？」

梅汝男道：「然後我就會找到金大叔，告訴他你欺負了我，要他替我出氣。」

郭大路道：「然後呢？」

梅汝男道：「金大叔一向最疼我，看見你追去，一定就會用連珠彈對付你。」

郭大路道：「然後呢？」

梅汝男道：「沒有然後了，只要你能接得住他的連珠彈，立刻就變成了個小闊人。」

郭大路道：「若接不住呢？」

梅汝男笑了笑，道：「那就說不定會變成一個死人了。」

郭大路道：「死人？」

梅汝男點點頭，道：「他既已知道你在欺負我，對你出手自然絕不會客氣。」

郭大路道：「你呢？」

梅汝男道：「我？我當然只能在旁邊看著。」

郭大路道：「我若闊了，你就來找我分賬，我若死了，你總該替我買口棺材吧？」

梅汝男道：「那倒用不著我買，金大叔好歹也會給你口薄皮棺材的。」

郭大路道：「所以無論我怎麼樣，你連一點損失都沒有。」

梅汝男笑道：「當然沒有，否則我爲什麼要替你出主意？」

郭大路長嘆了一聲，喃喃道：「好主意，這麼好的主意，真虧你怎麼想得出的？」

梅汝男道：「女人本就絕不肯做虧本的生意。」

郭大路嘆道：「女人，唉，女人。」

梅汝男道：「你究竟幹不幹？」

郭大路苦笑道：「不幹也是白不幹。」

梅汝男道：「你死了可不能怨我。」

郭大路道：「我若真死了，感激你還來不及，怎麼會怨你？」

梅汝男道：「感激我？」

郭大路道：「死人既不必再看債主嘴臉，也不必再聽女人嚕嗦，豈非比活著窮受罪好得多。」

梅汝男道：「真的？」

郭大路道：「假的。」

郭大路從來沒有覺得活著是在受罪。

他一向活得很快樂。

無論在什麼情況下，他都能找得到有意義的事做，無論他做什麼，都做得很起勁，所以他很快樂。

若等到他真的想死的時候，世上的人就算沒死光，剩下的也一定沒有幾個。

普通人家的牆，一丈四已經算很高了，但這道牆卻至少有兩丈八。

梅汝男抬起頭，打量了幾眼，道：「你有沒有把握能上得去？」

郭大路道：「馬馬虎虎。」

梅汝男道：「馬馬虎虎是什麼意思？」

郭大路道：「就是大概還可上得去的意思，因爲我雖然沒把握，卻有勇氣。」

梅汝男道：「在輕功的秘訣裡，並沒有勇氣這兩個字。」

郭大路道：「我的秘訣裡有。」

這倒不是胡吹。

郭大路無論做什麼事，最大的秘訣卻正是「勇氣」這兩個字。

梅汝男看著他，嘆息著道：「我只希望你莫要撞破頭才好。」

郭大路道：「就算撞破頭我也會上去。」

梅汝男嫣然一笑，道：「好，我先上去看看，一打招呼，你就快追上來。」

郭大路道：「你有把握能上得去？」

梅汝男道：「沒有。」

她又笑了笑，道：「我既沒有把握，也沒有勇氣，可是我有法子。」

郭大路道：「什麼法子？」

梅汝男道：「就是這個法子。」

她忽然跳上郭大路的肩，再從郭大路肩上躍起，就躍上牆頭。

郭大路又嘆了口氣，喃喃道：「女人用的法子，爲什麼總是要男人吃虧呢？」

燕七淡淡道：「那只因爲大多數男人都太笨。」

郭大路道：「你難道不是男人？」

燕七笑了笑，道：「也是男人，可是我不笨。」

梅汝男已經在上面招手了。

郭大路作勢想躍起，忽又停下來，回頭看著燕七。

燕七道：「你還等什麼？」

郭大路道：「我這一去，說不定真的會變成個死人，所以……」

燕七道：「所以怎麼樣？」

郭大路道：「所以你現在總該將那個秘密告訴我了吧？」

燕七道：「不行。」

郭大路道：「爲什麼還不行？」

燕七道：「因爲這次你絕對死不了的。」

郭大路道：「你有把握？」

燕七嘆道：「說你笨，你果然真笨。」

他看著郭大路，目光忽然變得很溫柔，輕輕道：「我若沒把握，怎麼會放心讓你去呢？」

梅汝男看著郭大路，搖著頭，道：「你真是笨得要命。」

郭大路瞪眼道：「你憑什麼也說我笨？」

梅汝男道：「因爲你本來就笨。」

「你真笨。」

郭大路道：「我哪點笨？」

梅汝男道：「哪點都笨，你爲什麼不能變得稍微聰明些呢？」
郭大路道：「我能不能不聰明？能不能笨一點？」
梅汝男道：「當然能。」
她伸手拍了拍郭大路的肩頭，嫣然道：「因爲有很多女孩子都喜歡笨一點的男人，所以你儘管笨吧。」
郭大路道：「你是不是那很多女孩子其中之一？」
梅汝男笑道：「我不是，我也不敢。」
她瞟了牆下的燕七一眼，吃吃的笑著，燕子般的飛了出去。
她當然不會飛，可是她身法的確有如燕子般美妙輕盈。
郭大路站在牆頭，彷彿已有些癡了。
燕七咬著嘴唇，輕輕跺了跺腳，道：「笨蛋，還不快追上去？」
郭大路看著他，彷彿看出了什麼，又彷彿什麼都沒有看出來，彷彿想說什麼，卻又什麼都沒有說。
到最後他才問了句：「你等不等我？」
燕七道：「笨蛋，我當然等你。」
郭大路道：「等多久？」
燕七道：「多久我都等。」

郭大路這才笑了笑，道：「你放心，我一定能追得上，絕不會追錯人的。」

燕七站在牆下，彷彿也有些癡了。

也許不是癡，是醉。

她眼波輕迷，臉上泛著紅暈，不是醉是什麼？

她醉的又是什麼？

金大帥。

一個叫大帥的人，無論他是不是真的大帥，至少總有些大帥的派頭。

金大帥的派頭果然不小。

他很高，比大多數人都要高半個頭。

不但高，而且魁偉、健壯。

卅三　金子與教訓

高大魁偉的人，看來總特別顯得氣勢凌人，虎虎有威。雖然已經有五十多歲，但站在那裡，腰桿仍然筆直，眼睛仍然有光，鬍子雖然留得並不太長，卻很濃、很黑。他身上穿的衣服，當然也一定剪裁合身，料子華貴，你就算不知道他是金大帥，也絕不會將他看成個無名小卒的。

郭大路一眼就看出了金大帥。

梅汝男逃過去的時候，他正站在屋子前面的桃樹下，欣賞著樹上新發的桃花，嘴裡彷彿還在低吟著詩句。

這位大帥看來還是個風雅之士。

一看到他，梅汝男眼睛裡就好像已有了眼淚，整個人都幾乎撲到他身上，也不知說了些什麼。

郭大路聽不見她說的話，卻看見金大帥面上已現出怒容，厲聲道：「就是他？」

梅汝男不停的點頭，不停的流淚。

郭大路看得又好笑，又佩服：「女人好像全都天生就是會演戲的。」

再看金大帥的怒容更厲，瞪著郭大路，厲聲道：「你想逃？」

郭大路道：「我並沒有逃呀，不是好好的站在這裡麼？」

金大帥道：「好，好……你好！」

他似已氣得連話都說不出了。

郭大路道：「這次你說對了，我本來就好好的。」

金大帥大吼一聲，道：「氣死老夫也。」

郭大路道：「氣死一個少一個。」

金大帥兩眼翻白，好像隨時都要氣暈過去的樣子。

幸好梅汝男已及時過來扶住了他。

她不知什麼時候，已從屋裡取出了柄金光閃閃的巨弓，還有個沉甸甸的麂皮口袋。

金大帥一把接過了巨弓，整個人就好像立刻變了，變得精神抖擻，更有氣派，也變得年輕了很多。

郭大路本來存心想氣氣他，現在也不敢大意了。

成名的高手，手上已有了他成名的武器，你在他面前若還敢大意，不把命送掉才怪。

只聽金大帥大喝一聲：「著！」

這一個字喝出，滿天金光飛舞流動，如暴雨挾帶著狂風，向郭大路射了過來。

金大帥的連珠神彈果然不是好玩的。

幸好郭大路早已有了準備。

金大帥的連珠彈固然快，他接得也快。

天上若有金子掉下來，無論誰都不會接得太慢的，何況他本來就有點真功夫。

梅汝男在旁邊看著，忽然大聲道：「貪吃的豬要先挨宰的。」

郭大路也不知是沒聽見，還是沒聽懂。

他身上有兩個很大的口袋，手裡的網接滿了，就倒在口袋裡。

金大帥的連珠彈一發二十一彈，每一發過後，總要停下來喘口氣，正好給他個機會，將網裡的金彈裝入口袋。

無論多麼大的口袋，也不像人的慾望，絕不會裝不滿的。

郭大路走的時候，袋裡已裝滿了金彈子。

直等口袋裝滿，他才乘著金大帥喘氣的時候溜了。

他當然想以最快的速度離開這裡，但也不知爲了什麼，他身法似已沒有剛才快。

幸好金大帥的體積太大，年紀也不小，就算來追，也未必追得上。

郭大路剛才跳下來的時候，記得牆角下有口水井。

他記憶力居然不錯，居然還沒有被金光閃花了眼，所以很快就找到了這口井。

燕七當然一定就在外面等他。

「沒有然後了，只要你能接得住他的連環彈，立刻就變成了個小闊佬。」

闊佬就用不著再看債主的臉色。

郭大路摸了摸口袋裡的金彈子，忍不住笑了，抬頭看了看牆頭，後退了兩步，雙臂一振，「燕子穿雲」，奮力向上一躍。

剛才他就是用這身法跳上牆的，現在他當然也很有把握。

誰知道這次竟不對了。

這次他用的力氣比剛才更大，但躍到頂點時，距離牆頭至少還有六七尺，腦袋差點撞到牆上，幾乎真的撞破了個大洞。

雖然沒有撞出個大洞，卻也跌了個四腳朝天。

「這是怎麼回事呢？」

難道他輕功忽然間就退步了這麼多？

郭大路摸著腦袋，覺得這實在有點邪門，他實在想不通。

想不通就只有再試一試。

還是一樣，腦袋又幾乎被撞破個大洞，又跌了個四腳朝天。

他忽然發現自己往上跳的時候，腰畔的口袋裡就好像有雙手在將他往下拉。

口袋裡當然沒有手，只有金彈子。

郭大路終於想通這是怎麼回事了。

一粒金彈子若有四兩，四十粒金彈子就是十斤。

無論誰身上多了二三十斤重量，輕功都要大大打個折扣的。

剛才他若是少接兩發，現在也許就已經跳上牆，已經和燕七見面了。

可是這也沒關係，總有法子想的。

牆角下的草很長，很密。

「我若將這些金彈子藏在草叢裡，絕不會有人想得到的。」

誰能想得到有人會將已到手的金子拋在亂草裡呢？

郭大路又笑了，立刻將身上的兩個口袋解下來，藏在深草裡。

然後他就跳上了牆。

他很佩服自己。

他覺得自己做事實在很有決斷，很有思想，也很有魄力。

若是換了別人，現在一定還在牆下傷腦筋，那就說不定會被金大帥追上了。

像這麼樣有思想的人，將來不發財才是怪事。

燕七果然就在外面等他。

郭大路一口氣說完了這件事的經過，忍不住笑道：「你是不是也很佩服我？」

燕七道：「現在就佩服你，還嫌太早了些。」

郭大路道：「太早？」

燕七道：「現在金彈子還在別人家裡。」

郭大路道：「那容易……酸梅湯的馬鞍上，不是有一圈長繩子嗎？」

燕七點點頭，他剛才也看見了。

郭大路道：「現在我再進去，將那兩個口袋繫在繩子上，你就在牆外面把它拉出來……你說這容易不容易？」

燕七道：「容易。」

郭大路笑道：「一個人只要有思想，無論多困難的事，都會變得很容易的。」

燕七忍不住一笑，道：「所以你一向都很佩服你自己？」

郭大路道：「我想不佩服都不行。」

梅汝男的馬就繫在前面的樹下，鞍上果然掛著圈繩子。

郭大路在牆外等了半天，聽到牆裡面並沒有什麼動靜，才躍了進去。

那兩個口袋果然還在原地未動。

郭大路對自己的判斷覺得很滿意。

他看著燕七在外面將這兩個口袋拉上了牆頭，再拉下去。

然後他就聽見燕七在外面低喚道：「我已經接住了，你出來吧。」

郭大路這才鬆了口氣，大功終於告成，想到他去還債時，那些債主對他巴結的樣子，他簡直忍不住從心裡笑了出來。

於是他縱身一躍，輕輕鬆鬆的就上了牆。

這真是人逢喜事精神爽。

燕七已到了巷口的樹下，站在那匹馬旁邊等他。

他走過去的時候，酸梅湯也從前面趕來了。

郭大路忍不住問道：「金大帥呢？」

梅汝男抿著嘴笑道：「他差點沒被你活活氣死，現在已回屋去躺著了。」

郭大路道：「你現在就溜出來，不怕他疑心？」

梅汝男道：「沒關係，我分完賬之後再回去，也還來得及。」

她嫣然一笑，又道：「好在他的錢已多得花不完，我們分一點來花花，也不算罪過。」

燕七忽然道：「我們說好了，是三七分賬的，是不是？」

梅汝男道：「一點也不錯。」

燕七道：「好，你分七成吧，我們只要三成。」

梅汝男怔住了。

郭大路幾乎跳了起來，失聲道：「什麼，你要分給她七成？」

燕七淡淡道：「她若要十成，我就全給她。」

郭大路道：「你……你是不是中了暑？是不是有點頭暈？」

燕七道：「發暈的是你，不是我。」

他忽然將那兩個口袋往郭大路手裡一丟。

郭大路一個沒留心，沒接住，口袋裡的彈子就灑了一地。

不是金彈子，是鐵彈子。

郭大路看著一顆黑黝黝的鐵彈子在地上亂滾，連眼珠子都好像凸了出來。

燕七淡淡道：「究竟是誰暈，你總該明白了吧。」

郭大路吃吃道：「可是我……我剛才明明看到是金彈子的。」

燕七嘆了口氣，道：「看來這人不但頭暈，而且眼花。」

郭大路怔了半晌，提起口袋一抖，忽然看到一顆金光閃閃的彈子滾了出來。

只有一顆真的是金彈子。

梅汝男撿起來，看了看，忽然道：「你們看，這上面還刻著字。」

郭大路道：「刻的是什麼字？」

梅汝男看著這顆金彈子，表情好像很奇怪，過了很久，才長嘆了口氣，苦笑道：「你還是自己來看吧。」

金彈子上只刻著一行字：「人若是太貪心，到手的黃金也會變成廢鐵。」

「貪吃的豬總是先挨宰的。」

想到梅汝男的這句話，再看看金彈子上刻的這句話，郭大路臉上的表情，就好像剛吞下了三斤發了霉的黃連。

燕七看看他，再看看梅汝男，苦笑道：「金大帥想必早已知道我們的來意了。」

梅汝男道：「嗯！」

燕七道：「而且他也已看出，你是幫著我們去騙他的。」

梅汝男道：「嗯！」

燕七道：「可是他卻在故意裝糊塗，因為……」

梅汝男接著道：「因為他本來就很豪爽很大路，就算明知道我們想騙他點錢用，他也不在乎，只可惜……」

她看了郭大路一眼，就沒有再說下去。

郭大路卻替她接了下去道：「只可惜我太貪心，就好像恨不得將他所有的金彈子，全都弄走才過癮。」

梅汝男道：「但那也不能怪你。」

郭大路道：「不怪我怪誰？」

梅汝男道：「人都有弱點，無論誰都難免有貪心的時候。」

燕七道：「何況你貪心也並不是爲了你自己，若不是爲了朋友，你怎麼會欠那許多債呢？」

郭大路忽然笑了笑，道：「其實你們根本用不著安慰我，我心裡根本不難受。」

梅汝男道：「哦？」

郭大路道：「這些黃金雖變成了廢鐵，但我這次來也並不是完全沒有收穫。」

梅汝男勉強笑了笑，道：「不錯，你總算還剩下一顆金彈子。」

郭大路道：「我收穫的並不是這金彈子。」

梅汝男道：「是什麼？」

郭大路道：「是個很好的教訓。」

他看著彈子上刻的那句話，慢慢的接著道：「對我來說，這教訓也許比世上所有的黃金都有價值得多。」

梅汝男看著他，過了很久，才嫣然一笑，道：「現在我才明白，爲什麼有人那樣喜歡你了，因爲你的確是個很可愛的人。」

郭大路道：「你現在才知道？」

梅汝男道：「嗯。」

郭大路笑道：「我卻早就知道了。」

燕七忽然道：「只可惜另外有件事你還不知道。」

郭大路道：「哪件事？」

燕七道：「在那些債主眼睛裡，你唯一可愛的時候，就是還錢的時候，若沒錢還，你知不知道他們會怎麼樣對付你？」

郭大路的笑容早已不見了，苦著臉搖頭道：「不知道。」

他只知道無論多好的教訓，都不能拿去還債的。

梅汝男眨了眨眼，問道：「你們欠了人家很多的債麼？」

燕七道：「嗯。」

梅汝男道：「欠了多少？」

燕七輕嘆道：「也沒有多少，只不過萬把兩銀子。」

梅汝男好像倒抽了口涼氣，站在那裡怔了半天，忽然道：「金大叔一定還在等著訓我，我不能再耽誤了，回頭見。」

這句話還沒有說完，她的人已躍上了馬。

郭大路看著她打馬而去，忍不住長長嘆了口氣，喃喃道：「為什麼別人一聽到你欠了債，就立刻會落荒而逃呢？」

燕七沉思著，緩緩道：「因爲她也想給你個很好的教訓。」

郭大路道：「什麼教訓？」

燕七道：「一個人若想開開心心的活著，最好就不要欠債。」

郭大路慢慢的點了點頭，道：「一個人若想朋友喜歡你，最好也不要欠債。」

這的確是一個很好的教訓，值得每個人都牢牢記在心裡。

但你若已爲朋友欠了債呢？

燕七忽然道：「我看你不如還是先避避風頭，溜到別的地方去躲幾天再說。」

郭大路瞪眼道：「你叫我溜？」

燕七道：「你答應過別人，兩天之內把債都還清的，怎麼能空著手回去？」

郭大路道：「你以爲我會做這種丟人的事？」

燕七道：「可是你卻已欠了債。」

郭大路道：「欠債是一回事，溜又是另外一回事；欠了債總可以還的，但若欠了債之後溜，那就不是個人了。」

燕七看著他，嫣然一笑，道：「你的確是個人。」

郭大路笑道：「而且是個很可愛的人，只不過窮一點而已。」

這也是原則問題。

一個人若要謹守自己的原則，有時卻也並不太容易的。

但你若無論在任何情況下，都能守得住自己的原則，那麼你就會發現，不但活著時比較安心，就算死了，也絕不會閉不上眼睛。

一個人只要能安安心心的活著，安安心心的死，窮一點又有什麼關係？

當然，假如能闊一點，也不是什麼壞事。

「你是窮是富？」這問題並不重要。

重要的問題是：「你究竟是不是個人呢？」

富貴山莊永遠是老樣子，無論你怎麼看，都看不出有一點富貴的氣象來。

但今天早上卻好像有點不同。

冷冷落落的富貴山莊大門外，今天居然停著幾匹騾馬。

還有幾個穿著很光鮮的小廝，正在莊門外的樹下乘涼。

燕七遠遠就看到了，不由得嘆了口氣，苦笑道：「看來你的債主們已經在裡面等著了。」

郭大路道：「嗯。」

燕七道：「你準備怎麼打發他們？」

郭大路道：「我只有一種法子。」

燕七道：「什麼法子？」

郭大路道：「說老實話。」

初昇的陽光照在他臉上，他的臉明朗、坦誠，彷彿也在發著光。

他接著道：「我準備老老實實的告訴他們，現在雖然沒錢還，但以後一定會想法子還他們的……這法子也許不好，可是我卻已想不出別的法子。」

燕七看著他，微笑著道：「你當然想不出，因爲這本就是最好的法子，世上絕沒有更好的法子。」

債主一共有六個。六個債主都站在院子裡，等著。

郭大路一走進去，就大聲道：「各位，抱歉得很，我現在雖然沒有錢還給你們，可是……」

他還沒有說完，已有人打斷了他的話。

一個姓錢的老闆搶著道：「郭大爺難道以爲我們是來要債的麼？」

郭大路怔了怔，道：「你們難道不是？」

錢老闆笑道：「我們生怕這裡的東西不夠用，所以特地趕著爲大爺送來的。」

郭大路吶吶地道：「可是……可是我欠了你們的賬呢？」

另一個姓張的老闆也搶著說道：「賬早已有人還清了。」

錢老闆陪著笑道：「那只不過是個小數目。」

郭大路怔了半晌，忍不住問道：「那些賬究竟是誰還的？」

張老闆笑道：「老實說，我們也不知道究竟是誰還的？」

郭大路更覺奇怪，問道：「怎麼會連你們也不知道的？」

錢老闆道：「今天早上我一起床，就看到外面的桌上放著好幾堆銀子……」

郭大路忍不住問道：「好幾堆？銀子怎麼會是論堆的？」

錢老闆道：「因爲那些銀封都不一樣，有的是濟南封，也有的是京城封，一堆堆的都分開了，但下面卻都壓著張紙條，說明是給郭大路還賬的。」

張老闆道：「那想必是郭大爺的朋友，知道郭大爺最近手頭不便，所以特地帶了銀子來，又怕郭大爺不肯收，所以特地送到小號去。」

錢老闆陪笑道：「郭大爺的朋友，想必都是夠義氣的江湖好漢，我們雖是小本生意的，可也不是什麼勢利小人。」

張老闆也陪著笑，道：「所以，我們一早就趕著來了。」

他們當然要一早趕著來。遇著那些半夜裡能在他們家出入自如的江湖好漢，他們怎麼敢不巴結？

何況還有大把的銀子可賺呢？

郭大路卻怔住了，簡直就像是丈二金剛，摸不著頭腦。

燕七悠然道：「你們收下的銀子一共有幾堆？」

錢老闆道：「一共有三堆，不但還賬足足有餘，還有剩下的。」

張老闆道：「所以這兩個月郭大爺無論要什麼，都只管到小號來拿。」

錢老闆笑道：「現在我們也不敢再打擾，就此告辭了。」

於是一個個就打躬作揖，退了出去。

退到大門外，還在感嘆著，竊竊私議：「想不到郭大爺居然有這麼多好朋友。」

「那當然是因爲郭大爺平時做人夠義氣。」

「交朋友本來就是義氣換義氣，像郭大爺這種朋友，我也願意交的。」

等到人全都走光了，郭大路才吐出口氣，道：「我是不是真的很夠義氣？」

燕七眨眨眼，微笑道：「好像是的，否則怎麼會有人替你來還債呢？」

郭大路道：「原來並不是每個人一聽說你欠債，都會落荒而逃的。」

燕七道：「的確不是。」

郭大路嘆道：「可是我這些夠義氣的朋友，究竟是從哪裡來的呢？」

燕七道：「你想不出？」

郭大路道：「打破我的頭也想不出。」

燕七道：「那你就不必想了。」

郭大路道：「爲什麼？」

燕七道：「因爲那些人說的話都很有道理，交朋友本就是義氣換義氣，他今天來替你還債，自然因為你以前也做過對他們夠義氣的事。」

郭大路苦笑道：「但我卻還是想不出會是誰？」

燕七道：「有很多人都有可能，譬如說，紅螞蟻、林夫人、梅汝甲，還有那些騙過你的強盜，他們若知你被人逼債逼得要跳河，都可能偷偷來替你還債的。」

他忽然又接著道：「就連金大帥和酸梅湯都有可能的。」

郭大路道：「為什麼？」

燕七嫣然道：「因為你不但是個很好的朋友，而且真是個很可愛的人。」

郭大路笑了，喃喃道：「也許真的就是他們，想不到他們還記得我……」

他的笑充滿了歡樂和感激。

他感激的倒不是他們為他還了債——他感激的是他們的友情。

這世上只要有友情存在，就永遠有光明。

你看，現在陽光正照遍大地，到處都閃耀著金光，就好像上天特地為這世上懂得珍惜友情的人，撒下了一片黃金。

這本來就是個黃金世界，只看你懂不懂得如何去分辨什麼才是真正的黃金？什麼才是真正值得珍惜的！

卅四　金大帥的問題

一

有種人好像命中注定就是要比別人活得開心的，就算是天大的問題，他也隨時都可以放到一邊去。

郭大路就是這種人。

是誰替他還的賬？

為什麼要替他還賬？

這些問題在他看來，早已不是問題了。

所以他一躺上床，立刻就睡著，一睡就睡到下午，直到王動到他屋裡來的時候，他才醒。

王動的行動還不太方便，所以一走進來，就找了個最舒服的地方坐下。

就算他行動方便的時候，無論走到什麼地方，也都立刻會找個最舒服的地方坐下去的。

無論誰的屋子裡，只怕都很少有比床更加舒服的地方。

所以王動就叫郭大路把腳縮起來些，斜倚在他的腳跟。

郭大路就把一個枕頭丟了過去，讓他墊著背，然後才揉著眼睛道：「現在是什麼時候了？」

王動道：「還早，距離吃晚飯的時候，還有半個多時辰。」

郭大路嘆了口氣，喃喃道：「其實你應該讓我再多睡半個時辰的。」

王動也嘆了口氣，道：「我只奇怪，你怎麼能睡得著？」

郭大路更奇怪，張大了眼睛，道：「我爲什麼睡不著？」

王動道：「你若是肯動腦筋想想，也許就會睡不著了。」

郭大路道：「有什麼好想的？」

王動道：「沒有？」

郭大路搖搖頭，道：「好像沒有。」

王動道：「你已知道是誰替你還的賬？」

郭大路道：「不管是誰替我還的賬，反正賬已經還清了，他們既然不願意洩露自己的身分，我還有什麼好想？」

王動道：「你能不能稍微動動腦筋？」

郭大路笑了，道：「能，當然能。」

他果然想了想，才接著道：「最可能替我還賬的人，就是林夫人。」

他們那次遇見林夫人的經過，後來已告訴過王動。

王動道：「林夫人就是你上次說的衛夫人？」

郭大路點點頭，道：「她既然知道林太平在這裡，當然會派人隨時來打聽我們的消息，既然知道我們欠了債，當然會派人來還的。」

他接著又道：「可是她不願讓林太平知道她已找到這地方，所以才瞞著我們。」

王動道：「很合理。」

郭大路笑道：「當然合理，我就算懶得動腦筋，但腦筋並不比別人差。」

王動道：「除了林夫人外，第二個可能替你還賬的是誰呢？」

郭大路道：「八成是酸梅湯。」

王動道：「爲什麼是她？」

郭大路道：「我看見她一聽到我們欠了賬，立刻就落荒而逃，心裡就覺得很奇怪，因爲她本不是這種人。」

王動道：「所以你認爲她一定又回去向金大帥借了錢，趕到前面來替你先把賬還了？」

郭大路道：「不錯，因爲她本來就喜歡燕七，又怕燕七不肯接受她的好意，所以才故意那樣做。」

王動道：「可是她怎麼知道你欠了誰家的賬呢？」

郭大路道：「那很容易打聽得出，你總該知道，酸梅湯是個多麼機靈的女孩子。」

王動慢慢的點了點頭道：「也很合理。」

郭大路笑道：「你看，這問題是不是很簡單，我不費吹灰之力，隨隨便便就想出了兩個。」

王動道：「莫忘了還有第三個人。」

郭大路道：「這個人一定是……」

說到這裡，他忽然說不下去了。

因爲他本來想到很多人都有可能，但仔細一想，這些人又都不太可能。

王動道：「騙過你的那些小賊，就算沒有把你當瘟生笨蛋，就算心裡很感激你，也不會有這麼多錢來替你還賬的。」

郭大路道：「那些人簡直窮得連褲子都沒得穿，否則我又怎麼會大發慈悲？」

王動道：「也不能算上梅汝甲，他被你在肚子上打了一拳，不還你兩拳已經夠客氣的了。」

郭大路苦笑道：「所以我就算被債主逼死，他也不會掉一滴眼淚的。」

王動道：「掉眼淚不但比替人還債方便，也便宜得多。」

郭大路道：「所以這第三個人也絕不可能是他。」

王動道：「非但不可能是他，也絕不可能是別的任何人。」

郭大路道：「爲什麼？」

王動道：「因爲別的人就算知道你在這裡，也不可能知道你在被人逼債。」

郭大路道：「假如有人聽到我們跟催命符和十三把大刀他們決鬥的事，知道我們有人受了傷，就趕到這裡來呢？」

王動道：「來幹什麼？」

郭大路道：「也許是趕來看熱鬧，也許是想趕來幫我們的忙，報我們的恩。」

王動道：「報恩？」

郭大路道：「譬如說，那些紅螞蟻、白螞蟻，就可能會來報我們的不殺之恩。」

王動終於又點點頭，道：「這也是很合理。」

郭大路含笑道：「既然很合理，豈非就沒有問題了嗎？」

王動道：「真正的問題就在這裡。」

他臉色很嚴肅，很沉重。

郭大路忍不住道：「真正的問題？什麼問題？」

王動道：「既然可能有人趕來看熱鬧，趕來報恩，就也可能有人趕來找麻煩，趕來報仇。」

郭大路道：「報仇？」

王動道：「你認為我們對那些螞蟻有不殺之恩，說不定他們卻反把我們當仇人呢？你只想到我們放他們走的時候，為什麼不會想想我們將他們打得落花流水的時候？」

郭大路怔住了。

王動道：「何況，催命符和十三把刀他們，說不定也有夠義氣的朋友，聽到他們栽在這裡，就可能趕來替他報仇。」

郭大路嘆了口氣，道：「很合理。」

王動道：「你雖然沒有在江湖中混過，可是我們卻不同，無論誰在江湖中混的時候，都難免會在有意無意間得罪些人，這些人若知道我們的行蹤，也很可能趕來找我們算一算舊賬。」

郭大路嘆了口氣，苦笑道：「看來我的腦筋實在不能算很高明。」

王動道：「但這些人還不能算是最大的問題。」

郭大路嚇了一跳，道：「這還不算？」

王動道：「最大的問題是，既然已有很多人知道我們的行動，就表示我們不幸已出名了。」

他嘆了口氣，接著道：「一個人出了名之後，大大小小的麻煩，立刻就會跟著來的。」

郭大路道：「什麼麻煩？」

王動道：「各種麻煩，你想都想不到的麻煩。」

郭大路道：「你說幾種來聽聽？」

王動道：「譬如說，有人聽說你的武功高，就想來找你較量較量，就算你不肯動手，他們也會想出各種法子逼著你非動手不可。」

郭大路苦笑道：「這點我倒明白。」

王動道：「你明白？」

快。」

郭大路嘆道：「這就好像我逼著金大帥出手一樣，只不過我倒未想到報應會來得這麼快。」

王動道：「除了來找你比武較量的人之外，找你來幫忙的也好，找你來解決問題的也好，找你來借路費盤纏的也好，這些人隨時隨刻會找上門來，你根本就不知道他們什麼時候會來。」

他又嘆了口氣，接著道：「一個人若在江湖中成了名，要想再過一天清靜的日子，只怕都不太簡單的。」

郭大路也嘆了口氣，喃喃道：「原來成名也並不是件很愉快的事。」

王動道：「也許只有一種人才覺得成名很愉快。」

郭大路道：「哪種人？」

王動道：「還沒有成名的人。」

他忽又嘆道：「其實真正有麻煩的人，也許並不是你跟我。」

郭大路道：「你是說，燕七和林太平？」

王動道：「不錯。」

郭大路道：「他們的麻煩爲什麼會比我們多？」

王動道：「因爲他們都有不足爲外人道的秘密。」

郭大路從床上跳了起來，大聲道：「不錯，燕七的確有個很大的秘密，他總是不肯告訴我。」

王動道：「你到現在還沒有猜出來？」

郭大路道：「你難道已猜出來了？」

王動忽然笑了笑，道：「看來你非但腦筋不太高明，眼睛也……」他忽然停住了口。

有人來了。

郭大路立刻也聽到有人走進外面的院子。還不止一個人。

他慢慢的從床上溜下去，慢慢道：「你說的果然不錯，果然已有人找上門來了。」

王動只有苦笑。

因爲他實在也沒有想到，人居然來得這麼快。

來的是什麼人？

會爲他們帶來什麼樣的麻煩？

二

來的一共有五個人。

後面的四個人身材都很魁偉，衣著都很華麗，看起來很剽悍，很神氣。

可是和前面那個人一比，這四人簡直就變得好像四隻小雞。

其實前面這個人也並不比他們高很多，但卻有種說不出的氣派，就算站在一萬個人裡，你還是一眼就會看到他。

這人昂首闊步，顧盼自雄，連門都沒有敲就大搖大擺的走進了院子，就好像一個百戰而歸的將軍，到自己家來似的。

王動當然知道這不是他的家。郭大路也知道。

他本來已準備衝出去的——若有麻煩上門，他總是第一個衝出去。

可是這次他一看到了這個人，就立刻又縮了回來。

王動皺了皺眉，道：「你認得這個人？」

郭大路點點頭。

王動道：「這人就是金大帥？」

郭大路道：「你也認得他？」

王動道：「不認得。」

郭大路道：「不認得，你又怎麼知道他是金大帥？」

王動道：「這人若不是金大帥，誰是金大帥？」

郭大路苦笑，道：「不錯，他的確很有點大帥的樣子。」

金大帥站在院子裡，背著雙手，四面打量著，忽然道：「這院子該掃一掃了。」

後面跟著的人立刻躬身道：「是。」

金大帥道：「那邊的月季和牡丹都應該澆點水，草地也該剪一剪。」

跟班們道：「是。」

金大帥道：「那邊樹下的幾張籐椅，應該換上石墩子，順便把樹枝也修一修。」

跟班們道：「是。」

王動在窗戶裡看著，忽然問道：「這裡究竟是誰的家？」

郭大路道：「你的。」

王動嘆了口氣，道：「我本來也知道這是我的家，現在卻有點糊塗了。」

郭大路忍不住要笑，卻又皺起眉，道：「燕七怎麼還不出去？」

王動道：「也許他跟你一樣，看見金大帥，就有點心虛。」

郭大路道：「金大帥又不認得他，他爲什麼會心虛？」

王動目光閃動，突然問道：「你有沒有想到一個問題？」

郭大路道：「什麼問題？」

王動道：「燕七打暗器的手法已可算是一流的，接暗器的手法當然也不錯。」

郭大路道：「想必不錯。」

王動道：「那末他自己爲什麼不去找金大帥呢？爲什麼要你去？」

郭大路怔了怔，道：「這……我倒沒有想過。」

王動道：「爲什麼不想？」

郭大路苦笑道：「因爲……因爲只要是他要我做的事，我就好像覺得是天經地義，應該由我去做的。」

王動看著他，搖著頭，就好像大哥哥在看著自己的小弟弟。

一個被人將糖葫蘆騙走的小弟弟。

郭大路想了想，才又道：「你的意思是說，他自己不去找金大帥，就因爲生怕金大帥會認出他來？」

王動道：「你說呢？」

郭大路還沒有說出話，突聽金大帥沉聲喝道：「是什麼人鬼鬼祟祟躲在屋子裡嘀咕，還不快出來。」

王動又看了郭大路一眼，終於慢慢的推開門走出去。郭大路既然不肯動，他就只有動了。

金大帥瞪著他，道：「你躲在裡面嘀咕些什麼。」

王動淡淡道：「我根本不必躲，你也管不著我在嘀咕些什麼。」

金大帥厲聲道：「你是什麼人？」

王動道：「我就是這地方的主人，我高興坐在哪裡，高興說什麼，就可以說什麼。」

他笑了笑，淡淡道：「一個人在自己的家裡，就算高興脫了褲子放屁，別人也管不著。」

他平常說話本沒有如此刻薄的，現在卻好像故意要殺一殺金大帥的威風。

誰知金大帥反而笑了，上上下下看了他幾眼，笑道：「這人果然像是個姓王的。」

王動道：「我並不是像姓王的，我本來就是個姓王的。」

金大帥道：「看來你只怕就是王老大的兒子？」

王動道：「王老大？」

金大帥說道：「王老大就是王潛石，也就是你的老子。」

王動反倒怔住了。

王潛石的確是他父親，他當然知道他父親的名字。

但別人知道王潛石這名字的卻很少。

大多數人都只知道王老先生的號——王逸齋。

知道王潛石這名字的人，當然是王潛石的故交。

王動的態度立刻變了，變得客氣得多，試探著問道：「閣下認得家父？」

金大帥也不回答他的話，卻大步走上了迴廊。

郭大路這屋子的門是開著的。

金大帥就昂然走了進來，大馬金刀，往椅子上一坐，就坐在郭大路的面前。

郭大路只有勉強笑了笑，道：「你好？」

金大帥道：「嗯，還好，總算還沒有被人氣死。」

郭大路乾咳了幾聲，道：「你是來找我的？」

金大帥道：「我為什麼要來找你？」

郭大路怔了怔，道：「那末，大帥到這裡來，是幹什麼的呢？」

金大帥道：「我難道不能來？」

郭大路笑道：「能，當然能。」

金大帥冷冷道：「告訴你，我到這裡來的時候，你只怕還沒有生出來。」

這人肚子裡，好像裝了一肚子火藥來的。

郭大路並不是怕他，只不過實在覺得有點心虛。

無論如何，他做的那手實在令人服貼，那教訓也沒有錯。

郭大路既然沒別的法子對付他，只好溜了。

誰知金大帥的眼睛還真尖，他的腳剛動，金大帥就喝道：「站住！」

郭大路只有陪笑道：「你既然不是來找我的，要我留在這裡幹什麼？」

金大帥道：「我有話問你。」

郭大路嘆了口氣，道：「好，問吧！」

金大帥道：「你們晚上吃什麼？」

他問的居然是這麼樣一個問題。

郭大路忍不住笑道：「我剛才嗅到紅燒肉的味道，大概吃的是竹筍燒肉。」

金大帥道：「好，快開飯，我餓了。」

郭大路又怔住。

現在他也有點弄不清誰是這地方的主人了。

金大帥又喝道：「叫你開飯，你還站在這裡發什麼呆？」

郭大路看看王動。

王動卻好像什麼都看不見，什麼都聽不見。

郭大路只有嘆息著，喃喃道：「是該開飯了，我也餓得要命。」

飯開上桌，果然有筍燒肉。

金大帥也不客氣，一屁股就坐在上座上。

王動和郭大路就只有打横相陪。

金大帥剛舉起筷子，忽然又問道：「還有別的人呢？爲什麼不來吃飯？」

郭大路道：「有兩個人病了，只能喝粥。」

金大帥道：「還有個沒病的呢？」

這地方的事，他知道得倒還眞清楚。

郭大路支吾著，苦笑道：「好像在廚房裡。」

燕七的確在廚房裡。

他不肯出來，因爲：「太髒，所以不想見人。」

既然他這麼說，郭大路就只能聽著，因爲若再問下去，燕七就會瞪眼睛。

燕七一瞪眼睛，郭大路就軟了。

金大帥道：「他又不是廚子，爲什麼躲在廚房？」

郭大路嘆了口氣，道：「好，我去叫他。」

誰知他剛站起，燕七已垂著頭走了進來，好像本就躲在門口偷聽。

金大帥上上下下看了他兩眼道：「坐。」

燕七居然就真的垂著頭坐下——這人今天好像也變乖了。

金大帥道：「好，吃吧。」

他狼吞虎嚥，風捲殘雲般，一下子就把桌上的菜掃空了。郭大路他們幾乎連伸筷子的機會都很少。

碟子底全都朝了天之後，金大帥才放下筷子，一雙虎虎有威的眼睛，從王動看到郭大路，從郭大路看到燕七，忽然道：「你們去打我的主意，主意是誰出的？」

燕七垂頭，道：「我。」

金大帥道：「哼，我就知道是你。」

燕七的頭垂得更低。

金大帥目光轉向郭大路，道：「你能接得住我五發連珠彈，這種手法江湖中已少見得很。」

郭大路忍不住笑了笑，道：「還過得去。」

金大帥道：「這手法是誰教給你的？」

王動道：「我。」

金大帥道：「哼，我就知道是你。」

王動忍不住問道：「你怎麼知道的？」

金大帥道：「我不但知道他是你教的，也知道你是誰教的。」

王動道：「哦？」

金大帥突然沉下了臉，道：「你父親教給你這手法時，還告訴了你些什麼話？」

王動道：「什麼話都沒有。」

金大帥道：「怎麼會沒有？」

王動道：「因爲這手法不是他老人家傳授的。」

金大帥厲聲道：「你說謊。」

王動也沉下了臉，冷冷道：「你可以聽到我說各種話，卻絕不會聽到我說謊。」

金大帥盯著他，過了很久，才問道：「若不是你父親教的？是誰教的？」

王動道：「我也不知道是誰。」

金大帥道：「你怎會不知道？」

王動道：「不知道就是不知道。」

金大帥又開始盯著他，又過了很久，霍然長身而起，道：「你跟我出去。」

他大步走到院子裡。王動也慢慢的跟了出去——這個人今天好像也變得有點奇怪。

郭大路嘆了口氣，悄悄道：「我現在才知道這位大帥是來幹什麼的了。」

燕七道：「哦？」

郭大路道：「我破了他的連珠彈，他心裡一定很不服氣，所以還想找教我的人比劃比劃。」

他嘴裡說著話，人也站了起來。

燕七道：「你想幹什麼？」

郭大路道：「王老大腿上的傷還沒有好，我怎麼能看著他……」

燕七打斷他的話，冷冷道：「你最好還是坐著。」

郭大路道：「爲什麼？」

燕七道：「你難道還看不出，他來找的是王動，不是你。」

郭大路道：「可是王動的腿……」

燕七道：「要接他的連珠彈，並不是用腿的。」

夜色清朗。

金大帥看著王動走過來，忽然皺了皺眉，道：「你的腿？……」

王動冷冷道：「我很少用腿接暗器，我還有手。」

金大帥道：「好！」

他忽然伸出手。立刻就有人捧上了金弓革囊。

金大帥一把抄過金弓。

就在這一刹那，突然間，滿天金光閃動。

誰也沒看清他是怎麼出手的。

郭大路倒抽了口涼氣，道：「這次他出手怎麼比上次還要快得多？」

燕七淡淡道：「也許他不想替你買棺材。」

郭大路道：「他既然不肯用殺手對付我，為什麼要用殺手對付王動？難道他和王動有仇？」

這問題連燕七也回答不出了。

他雖已看出金大帥這次來，必定有個很奇怪的目的，卻還是猜不出這目的是什麼？

就在郭大路替王動擔心的時候，忽然間，滿天金光全不見了。

王動還是好好的站著，手上兩隻網裡已裝滿了金彈子。

誰也沒看清他用的是什麼手法，甚至根本沒看清他出手。

郭大路又嘆了口氣，喃喃道：「原來他手法也比我高明得多。」

燕七道：「這手法絕不是一天練出來的，你憑什麼能在一天裡就能全學會，難道你以為你真是天才？」

郭大路道：「無論如何，這手法的訣竅我總已懂得了。」

燕七道：「那只不過因爲師傅教得好。」

郭大路笑道：「師傅當然好，但徒弟總算也不錯，否則豈非也早就進了棺材？」

燕七看著他，忽也嘆了口氣，道：「你幾時若能把這吹牛的毛病改掉，我就……」

郭大路道：「就怎麼？……是不是就把你那秘密告訴我？」

燕七忽然不說話了。

他們說了十來句話，金大帥還在院子裡站著。

王動也站著。

兩個人我看著你，你看著我。

又過了半天，金大帥忽然將手裡的金弓往地上一甩，大步走了進來，重重的往椅子上一坐。

燕七和郭大路也坐在那裡，看著他。

又過了半天，金大帥忽然大聲道：「酒呢？你們難道從來不喝酒的？」

郭大路笑了笑，道：「偶爾也喝的，只不過很少喝，每天最多也只不過喝四五次而已。喝得也不太多，一次最多也只不過喝七八斤。」

酒罈子已上了桌。

今天早上當然也有人送了酒來，他們沒有喝，因爲他們還不是真正的酒鬼。

還沒有弄清金大帥的來意，他們誰也不願喝醉。

但金大帥卻先喝了。

他喝酒也真有些大帥的氣派，一仰脖子，就是一大碗。

他既已喝了，郭大路又怎甘落後。

就憑他喝酒的樣子，看來遲早總有一天也會有人叫他大帥的。

金大帥看著他一口氣喝了七八碗酒，忽然笑了笑，道：「看起來你一次果然可以喝得下七八斤酒的。」

郭大路斜眼瞟著他，道：「你以爲我在吹牛？」

金大帥道：「你本來就不像是個老實人。」

郭大路道：「我也許不像是個老實人，但我卻是個老實人。」

金大帥道：「你的朋友呢？」

郭大路道：「他們比我還老實。」

金大帥道：「你從來沒有聽過他們說謊？」

郭大路道：「從來沒有。」

金大帥瞪著他看了很久，忽然轉向王動，道：「你那手法真不是你老子教的？」

王動道：「不是。」

金大帥道：「是誰教的？」

王動道：「我說過，我也不知道他是誰。」

金大帥道：「怎麼會不知道？」

王動道：「他從來沒有告訴過我。」

金大帥道：「你至少總見過他的樣子？」

王動道：「也沒有，因爲他教我的時候，總是在晚上，而且總是蒙著臉。」

金大帥目光閃動，道：「你是說，有個不知道身分的神秘蒙面人，每天晚上來找你……」

王動道：「不是來找我，是每天晚上在墳場那邊的樹林裡等我。」

金大帥道：「就算颳風下雨，他也等？」

王動道：「除了過年的那幾天，就算在冷得眼淚都可以凍成冰的晚上，他也會在那裡等。」

金大帥道：「他不認得你，你也不知道他是誰，但是他卻每天等你，爲的只不過將自己的武功教給你，而且絕不要你一點報酬，對不對？」

王動道：「對。」

金大帥冷笑道：「你真相信天下有這麼好的事？」

王動道：「若是別人講給我聽，說不定我也不會相信，但是世上卻偏偏有這種事，我想不信也不行。」

金大帥又瞪著他看了半天，道：「你有沒有跟蹤過他？看他住在哪裡？」

王動道：「我試過，但卻沒有成功。」

金大帥道：「他既然每天都來，當然絕不會住得很遠。」

王動道：「不錯。」

金大帥道：「這附近有沒有別的人家？」

王動道：「沒有，山上就只有我們一家人。」

金大帥道：「你們怎麼會住在這裡的？」

王動道：「因爲先父喜歡清靜。」

金大帥道：「這附近既沒有別的人家，那蒙面人難道是從棺材裡爬出來的？」

王動道：「他也許住在山下。」

金大帥道：「你有沒有去找過？」

王動道：「當然去找過。」

金大帥道：「但你卻找不出一個人像是有那麼高武功的？」

王動道：「真正的高手，本就不會將功夫擺在臉上的。」

金大帥道：「山下住的人也並不太多，假如真有那麼樣的高手，你至少總可以看出一點行蹤來的，對不對？」

王動道：「嗯。」

金大帥道：「你說，他既然每天晚上都在教你武功，白天總要睡覺的，在這種小城裡，一個人若是每天白天都在睡覺，自然就難免被人注意，對不對？」

王動道：「嗯。」

金大帥道：「既然如此，你爲什麼找不出呢？」

王動道：「也許他根本不住在城裡。」

金大帥道：「既不是住在山上，又不是住在城裡，他還能住在什麼地方呢？」

王動道：「真正的高手，無論在什麼地方都可以睡覺。」

金大帥道：「就算他能在山洞裡睡覺，但吃飯呢？無論什麼樣的高手，總不能不吃飯吧？」

王動道：「他可以到城裡買飯吃。」

金大帥道：「一個人若是每天都在外面吃飯，但卻沒有人知道他住在哪裡，豈非更加的要被人注意？」

王動也回瞪著他，看了很久，冷冷道：「你知不知道你從走進大門後直到現在，一共問了多少句話了？」

金大帥道：「你是不是嫌我問得太多？」

王動道：「我只不過在奇怪，你爲什麼一定要問這些跟你一點關係也沒有的問題。」

金大帥忽又笑了笑，變得彷彿很神秘，一口氣又喝了三碗酒，才緩緩地說道：「你想不想知道那蒙面人是誰？」

王動道：「當然想。」

金大帥道：「既然想，爲什麼不問？」

王動道：「因爲我就算問了，也沒有人能回答。」

金大帥慢慢的點了點頭，道：「不錯，這世上的確很少有人知道他是誰。」

王動道：「除了他自己外，根本沒有別的人知道，連一個人都沒有。」

金大帥道：「有一個。」

王動道：「誰？」

金大帥道：「我！」

這句話說出來，連燕七都怔住了。

王動怔了半晌，道：「你知不知道這已經是多久以前的事？」

金大帥道：「不知道。」

王動道：「但你卻知道他是什麼人？」

金大帥道：「不錯。」

王動道：「你既然沒有看見過他，甚至連這件事是什麼時候發生的都不知道，但你卻能知道他是誰？」

金大帥道：「不錯。」

王動冷笑道：「你真相信天下會有這種事？」

金大帥道：「我想不信都不行。」

王動道：「你憑什麼能如此確定？」

金大帥沒有回答這句話，又先喝了三碗酒，才緩緩地問道：「你知不知道我的連珠彈一輪連發多少？」

王動道：「二十一個。」

金大帥道：「你知不知道二十一發連珠彈中，哪幾發快？哪幾發慢？又有幾發是變化旋轉的？幾發是準備互相撞擊的？」

王動道：「不知道。」

金大帥道：「你連這點都不知道，怎能接得住我的連珠彈呢？」

王動又怔住。

金大帥道：「我以連珠彈成名，至今已有三十年，江湖中人能閃避招架的人已不多，但你卻隨隨便便就接住了。」

他嘆了口氣，又道：「非但你接住了，連你教出來的人都能接住，簡直就拿我這連珠彈當小孩玩的一樣，你難道一點也不覺得奇怪？」

王動又怔了半晌，沉吟著道：「這也許只因我的法子用對了。」

金大帥忽然一拍桌子，道：「不錯，你用的不但是最正確的一種法子，也是最巧妙的一種手法，這種手法不但可以破我的連珠彈，甚至可以說是天下所有暗器的剋星。」

王動只有聽著，因爲連他自己實在也不知道這種手法竟是如此奧妙。

金大帥看著他，又問道：「你知不知世上會這種手法的人有幾個？」

王動搖搖頭。

金大帥道：「只有一個。」

王動道：「你……你爲什麼要找他？」

他又長長嘆息了一聲，緩緩道：「我找這個人，已經找了十幾年了。」

金大帥道：「因爲我平生與人交手，敗得最慘的一次，就是敗在他手上。」

王動道：「你想報仇？」

金大帥道：「那倒並不是完全爲了報仇。」

王動道：「是爲了什麼？」

金大帥道：「我的連珠彈既然有人能破，自然就有缺點，但是我想了幾十年，還是想不出其中的關鍵在哪裡。」

王動道：「他既然能破你的連珠彈，想必就一定知道你的缺點。」

金大帥道：「不錯。」

王動道：「你認爲那蒙面人就是他？」

金大帥說道：「絕對是他，絕不可能再有第二個人，你接我連珠彈的手法，跟他幾乎完全一模一樣。」

王動目中已露出急切盼望之色。

但郭大路卻更急，搶著道：「你說來說去，這個人究竟是誰呢？」

金大帥凝視著王動，一字字道：「這個人就是王潛石，就是你的父親。」

就算催命符從墳墓裡伸手出來將他一把抓住的時候，王動臉上的表情也沒有現在這麼樣驚訝。

但郭大路卻比他更驚訝，搶著道：「你說那蒙面人就是他的父親？」

金大帥道：「絕對是。」

郭大路道：「你說他父親不在家裡教他功夫，卻要蒙起臉，在外面的樹林子裡等他？」

金大帥道：「不錯。」

郭大路想笑，又笑不出，卻嘆了口氣，道：「你真相信世上有這種怪事？」

金大帥道：「這件事並不能算奇怪。」

郭大路道：「還不算奇怪？」

金大帥道：「有道理可以解釋的事，就不能算是怪事。」

郭大路道：「有什麼道理？」

金大帥淡淡地道：「我本來也想不通的，但看到他住在這種地方，就想出了一點，看到你們這些朋友，又想出了第二點。」

郭大路道：「你先說第一點。」

金大帥道：「王潛石少年時還有個名字，叫王伏雷，那意思就是說，就算是天上擊下來的雷電，他也一樣能接得住。」

他又盡一杯，接著道：「這名字雖然囂張，但他二十三歲時，已被武林中公認爲天下接暗器的第一高手，就算狂妄些，別人也沒話說。」

大家都在聽著，連郭大路都沒有插口。

金大帥道：「等他年紀大了些，勁氣內斂，才改名爲王潛石，那時他已經很少在江湖中走動了，又過了兩年，就忽然失蹤。」

到這時郭大路才忍不住插口道：「那想必是因爲他已厭倦了江湖間的爭殺，所以就退隱到林下，這種事自古就有很多，也不能算奇怪。」

金大帥卻搖了搖頭，道：「這倒並不是最主要的原因。」

郭大路道：「哦？」

金大帥道：「最主要的是，他結了個極厲害的仇家，他自知絕不是這人的敵手，所以才隱姓埋名，退隱到這種荒僻的地方。」

王動突然道：「他的仇家是誰？」

金大帥道：「就因爲他不願讓你知道仇家是誰，所以才不肯親自出面教你武功。」

王動道：「爲什麼？」

金大帥道：「因爲你若知道他過去的事，遲早總會聽到他結仇的經過，你若知道他的仇家是誰，少年人血氣方剛，自然難免要去尋仇。」

他嘆了口氣，道：「但他這仇家實在太可怕，非但你絕不是敵手，江湖中只怕還沒有一個人能接得住他五十招的。」

王動臉上全無表情，道：「我只想知道這個人究竟是誰？」

金大帥道：「現在你知道也沒有用了。」

王動道：「爲什麼？」

金大帥道：「因爲他縱然已天下無敵，卻還真有幾樣無法抵抗的事。」

王動道：「什麼事？」

金大帥道：「老、病、死！」

王動動容道：「他已死了？」

金大帥長嘆道：「古往今來的英雄豪傑，又有誰能夠逃得過這一關呢？」

王動道：「可是他究竟……」

金大帥打斷了他的話，道：「他的人既已死了，名字也隨著長埋於地下，你又何必再問。」

他不讓王動開口，很快的接著又道：「自從到了這裡之後，王伏雷這個人也已算死了，所以就算在自己的兒子面前，也絕口不肯再提武功。」

郭大路道：「這是第一點。」

金大帥道：「看到你們這種朋友，就可以想見王動小時候必定也是個很頑皮的孩子。」

郭大路雖沒有說話，但臉上的表情卻已無異替王動承認了。

金大帥道：「頑皮的孩子隨時都可以闖禍，王潛石生怕自己的兒子會吃虧，又忍不住想教他一些防身的武功。」

他笑了笑道：「但若要一個頑皮的孩子好好的在家裡學武，那簡直比收伏一匹野馬還困難得多，所以王潛石才想出這個法子，既不必透露自己的身分，又可以激起王動學武的興趣——孩子們對一些神秘的事，興趣總是特別濃厚的。」

郭大路笑道：「莫說是孩子，大人也一樣。」

黑黝黝的晚上，墳場旁的荒林，還有蒙著面的武林高手……

像這麼神秘的事，只怕連老頭子都無法不動心。

金大帥道：「這件事現在你們該完全明白了吧。」

郭大路道：「還有一點不明白。」

金大帥道：「哦？」

郭大路道：「王老伯的心意，你怎麼會知道的？」

金大帥道：「因為我也是做父親的人。」

他長嘆著，接著道：「父親對兒子的愛心和苦心，也只有做父親的人才能體會得到。」

王動突然站起來，衝了出去。

他是不是想找個沒人的地方，去痛哭一場？

燕七本就一直垂著頭的，現在郭大路的頭也垂了下去。

「做兒子的人，爲什麼總要等到已追悔莫及時，才能瞭解父親對他的愛心和苦心呢？」

金大帥看著他們，忽然舉起酒杯，大聲道：「你們難道從來不喝酒的？」

世上的確有很多奇怪而神秘的事，看來好像永遠都無法解釋。

其實無論多麼神秘的問題，都一定有答案的，就正如地下一定有泉水和黃金，世上一定有公道和正義，人間一定有友情和溫暖。

你就算看不到，聽不到，找不到，也絕不能不相信它的存在。只要你相信，就總會有找到的一天。

三

「世上有沒有從來不醉的人？」

這問題最正確的答案是：「有。」

從來不喝酒的人，就絕不會醉的。

只要你喝，你就會醉，你若不停的喝下去，就非醉不可。所以郭大路醉了。

金大帥的頭好像在不停的搖來搖去。

他忽然覺得金大帥連一點都不像是個大帥，忽然覺得自己才真的是個大帥，而且是個大帥中的大帥。

金大帥也在看著他，忽然笑道：「你的頭爲什麼要不停的搖？」

郭大路大笑，道：「你看這個人，明明是他自己的頭在搖，還說人家的頭在搖。」

金大帥道：「人家是誰？」

郭大路道：「人家就是我。」

金大帥道：「明明是你，爲什麼又是人家？」

郭大路想了想，忽又嘆了口氣，道：「你知不知道你最大的毛病是什麼？」

金大帥也想了想，問道：「是不是我的酒喝得太多了？」

郭大路道：「不是酒喝得太多，是問話太多，簡直叫人受不了。」

金大帥大笑，道：「好吧，我不問，說不問就不問……我能不能再問最後一次？」

郭大路道：「你問吧。」

金大帥道：「你知不知道我這次來，究竟是爲了什麼？」

郭大路想了想，大笑道：「你看這個人？他自己來要幹什麼連他自己都不知道，卻反而要來問我，我又不是他肚子裡的蛔蟲，我怎麼知道？」

金大帥好像根本沒聽見他在說什麼，眼睛望著自己手裡的空碗，就好像隨時要哭出來的樣子。過了很久，才緩緩道：「我在家裡又練了十年連珠彈，以爲已經可以對付王伏雷了，誰知連他的兒子都對付不了，我……我……」

他忽然跳起來，彷彿也想衝出去，找個沒人的地方痛哭一場。

郭大路道：「等一等。」

金大帥瞪眼道：「還等什麼？等著再丟一次人？」

郭大路指著桌上大湯碗裡的金彈子，道：「你要走，也得把這些東西帶走。」湯碗裡裝的本是紅燒肉，是他將金彈子倒進去的。

金大帥道：「我爲什麼要帶走？」

郭大路道：「這些東西本來是你的。」

金大帥道：「誰說是我的？你爲什麼不問問它，看它姓不姓金？」

郭大路怔住了。

金大帥突又大笑，道：「這些東西既不是紅燒肉，也不是肉丸子，吃也吃不得，咬也咬不動，誰若是喜歡這種東西，誰就是龜兒子。」

郭大路道：「你以後難道不用連珠彈了？」

金大帥道：「誰以後用連珠彈，誰就是龜孫子。」

他大笑著，踉踉蹌蹌的衝了出去，衝到門口，突又回過頭，道：「你知不知道我以前爲什麼喜歡用金彈子打人？」

郭大路道：「不知道。」

金大帥道：「因爲金子本是人人都喜歡的，若用金子打人，別人總是想接過來看看，就忘了閃避，要接住它總比避開它困難些，何況金子還能使人眼花繚亂，所以無論誰用金子做暗器，一定會佔很大的便宜。」

郭大路道：「現在你爲什麼又不用了呢？」

金大帥又想了想，道：「因爲佔便宜就是吃虧，吃虧才是佔便宜。」

郭大路笑道：「看來你並沒有喝醉，你說話還清楚得很。」

金大帥瞪眼道：「我當然沒醉，誰說我喝醉了，誰就是龜孫子的孫子。」

金大帥終於走了。

他的確一點也沒有醉，只不過醉了八九分而已。

郭大路呢？

他正在看著碗裡的金彈子發怔，怔了半天，才嘆了口氣，喃喃道：「世上有些東西真奇怪，你想要它的時候，一個也沒有，不想它的時候，偏偏來了一大堆，你說要命不要命。」

卅五　鬼公子

一

假如你住在個很荒僻的地方。

假如有個人在半夜三更裡，來敲你的門，很客氣的對你說：「我又累又喝，又錯過了宿頭，想在你們這裡借宿一宵，討點水喝。」

那麼，只要你是個人，你就一定會說：「請進。」

郭大路是個人。

他平時就是個很豪爽、很好客的人，喝了酒之後，就比平時更豪爽，更好客十倍。

現在他喝了酒，而且喝得真不少。

金大帥剛走了沒多久，他就聽到敲門，就搶著出去開門。

敲門的人就客氣的對他說：「我又累又渴，又錯過了宿頭，想在這裡借宿一宵，討點水喝。」

郭大路本來當然應該說：「請進。」可是這兩個字他竟偏偏說不出口來。

看見了這個人，他喉嚨就好像忽然被塞住了，簡直連一個字都說不出。

來敲門的是個黑衣人。

這人滿身黑衣，黑褲子、黑靴子，臉上也蒙著塊黑巾，只露出一雙烏黑有光的眼睛，身後還揹著柄烏鞘的長劍。

一柄五尺多長的劍。

門口沒有燈。

這人靜靜的站在那裡，簡直就好像是黑暗的化身。

一看見這個人，郭大路的酒意就好像已經清醒了三分。再看到這人的劍，他酒意就又清醒了三分。

他幾乎忍不住要失聲叫了出來：

「南宮醜！」

其實，南宮醜究竟是什麼樣子，他並沒有真的看見過。

他看見的是梅汝甲。

雖然他的裝束打扮，甚至連身上佩的劍，都和梅汝甲那次與棍子他們在麥老廣的燒臘店裡出現時，完全一樣。

但郭大路卻知道他絕不是梅汝甲。

那倒並不是因爲他比梅汝甲更高一點、更瘦一點——究竟是爲什麼呢?連郭大路自己也不太清楚。

梅汝甲穿上黑衣服的時候,彷彿也帶著種凌厲逼人的殺氣。

這人卻沒有。

他既沒有殺氣,也沒有人氣,簡直連什麼氣都沒有,你就算踢他一腳,他好像也不會有一點反應。

但郭大路卻可以保證,無論誰都絕不敢去沾他一根手指。

他眸子很黑、很亮,和普通練武的人好像並沒有什麼不同。

但也不知爲了什麼,只要他看你一眼,你立刻就會覺得全身不舒服。

他正在看著郭大路。

郭大路只覺得全身都很不舒服,就好像喝醉酒第二天醒來的時候一樣,手心裡流著冷汗,頭疼得恨不得拿把刀來將腦袋砍掉。

黑衣人看著他,顯然還在等著他的答覆。

郭大路卻似已忘了答覆。

黑衣人什麼話都沒有再說,忽然轉過身,慢慢的走了。

他走路的樣子也很正常,只不過走得特別慢而已,每走一步,都要先往前面看一眼才落腳,就好像生怕一腳踩空,跌進個很深的水溝裡,又好像生怕踩死了地上的螞蟻。

像他這樣子走路，走到明天下午，只怕也走不到山下去。

郭大路忽然忍不住道：「等一等。」

黑衣人頭也不回，道：「不必等了。」

郭大路道：「爲什麼？」

黑衣人道：「這裡既不便，我也不勉強。」

這幾句話說完，他才走出了兩步。

郭大路大笑道：「誰說這裡不便？附近八百里內，絕沒有比這裡更歡迎客人的地方了，你快請進來吧。」

黑衣人還在猶豫著，過了很久，才慢慢的轉過頭。

郭大路又等了很久，他才走回門口，道：「閣下真請我進去？」

他說話也慢吞吞的，但用的字卻很少，別人要用十個字才能說完的話，他最多只用六七個字。

郭大路道：「真的，請進。」

黑衣人道：「不後悔？」

郭大路笑著道：「爲什麼要後悔？閣下莫說只借宿一宵，就算住上三五個月，我們也是一樣歡迎的。」

他的豪氣又發作了。

黑衣人道：「謝。」

他終於慢慢的走進院子，眼睛只看著前面的路，別的什麼地方都不看。

燕七和王動都在窗戶裡看著他，兩人的神色也顯得很驚訝。

黑衣人走到長廊上，就停下。

郭大路笑道：「先請進來喝杯酒吧。」

黑衣人道：「不。」

郭大路道：「你從來不喝酒？」

黑衣人道：「有時喝。」

郭大路道：「什麼時候才喝？」

黑衣人道：「殺過人後。」

郭大路怔了怔，喃喃道：「這麼樣說來，你還是不要喝酒的好。」

後來他自己想想又覺得很好笑。

郭先生居然叫人不要喝酒，這倒真是平生第一遭。

黑衣人就站在廊上，不動了。

郭大路道：「後面有客房，你既然不喝酒，就請過去吧。」

黑衣人道：「不必。」

郭大路又怔了怔，道：「不必？不必幹什麼？」

黑衣人道：「不必去客房。」

郭大路道：「你難道就睡在這裡？」

黑衣人道：「是。」

他似已懶得再跟郭大路說話，慢慢的閉起了眼睛，倚在廊前的柱子上。

郭大路忍不住道：「你既然要睡在這裡，爲什麼不躺下？」

黑衣人道：「不必。」

郭大路道：「不必躺下？」

黑衣人道：「是。」

郭大路道：「你……你難道要站著睡？」

黑衣人道：「是。」

郭大路說不出話了，臉上的表情就好像看到了一匹會說話的馬一樣。

「馬不會說話。」

「但只有馬才站著睡覺。」

「他是匹馬？」

「不是。」

「你看是什麼人？」

「南宮醜！」

燕七點點頭，這一次總算同意了郭大路的話。

黑衣人倚在廊下的柱子上，竟似真的睡著了，他這人本身就像是根柱子，直、冷、硬，沒有反應，沒有感情。

郭大路嘆了口氣，道：「這人若不是南宮醜，天下就絕不可能再有別的人是南宮醜了。」

王動忽然道：「無論他是馬也好，是南宮醜也好，都跟我們一點關係都沒有。」

郭大路道：「有。」

王動道：「有什麼關係？」

郭大路道：「像南宮醜這種人，若沒有目的，怎麼會到這裡來？」

王動道：「他爲什麼不能來？」

郭大路道：「他爲什麼要來？」

王動道：「無論哪一種人，晚上都要找個地方睡覺的。」

郭大路道：「你真認爲他是來睡覺的？」

王動道：「他正在睡覺。」

郭大路道：「像這樣子睡覺，什麼地方不能睡，爲什麼偏偏要到這裡來睡？」

王動道：「無論他爲的是什麼，他現在總是在睡覺，所以……」

郭大路道：「所以怎麼樣？」

王動道：「所以我們大家都應該去睡覺。」

這就是他的結論。

所以他就去睡覺了。

王動說要去睡覺的時候，你無論想叫他去做任何別的事都不行。

但郭大路卻還站在窗口，看著。

燕七道：「你爲什麼還不去睡？」

郭大路道：「我想看看，他是不是真的睡著了，能睡多久？」

燕七咬著嘴唇，說道：「但這是我的房間，我要睡了。」

郭大路道：「你睡你的，我又不會吵你。」

燕七道：「不行。」

郭大路道：「爲什麼不行？」

燕七道：「有別人在我屋裡，我睡不著。」

郭大路笑了，道：「你以後若娶了老婆，難道還要她到別的屋裡去睡覺？」

燕七的臉彷彿又有些紅了，瞪著眼道：「你怎麼知道我一定要娶老婆？」

郭大路道：「因爲世上只有兩種人不娶老婆。」

燕七道：「哪兩種人？」

郭大路笑道：「一種是和尚，一種是半男不女的人，你總不是這兩種人吧。」

燕七有些生氣了，道：「就算我要娶老婆，也不會娶個像你這樣的臭男人吧。」

他本來有些生氣的，但說完了這句話，臉卻反而更紅了。

郭大路忽然一把將他拉了過來，悄聲道：「你看，那邊牆上是什麼？」

燕七剛準備甩脫他的時候，已看到對面牆頭上伸出一個腦袋來。

夜色很暗。

他也沒有看清這人的臉長得什麼樣子，只看見一雙炯炯有光的眼睛四面看了看。

幸好這屋裡並沒有燃燈，所以這人也沒有看見他們，四面看了幾眼，忽然又縮了回去。

郭大路輕輕的冷笑道：「你看，我猜的不錯，這人非但不懷好意，而且來的還不止他一個。」

燕七道：「你認爲他是先到這裡來臥底的？」

郭大路道：「一定是。」

那黑衣人雖然還是站在那裡，動也不動，但燕七卻也不禁看得出神了。

沒有動作，往往也是種很可怕的動作。

燕七就算真的想睡覺，現在也早已忘得乾乾淨淨。

也不知過了多久，突聽郭大路喃喃道：「奇怪，真奇怪。」

燕七道：「什麼事奇怪？」

郭大路道：「你身上爲什麼一點也不臭？」

燕七這才發覺他站得離郭大路很近，幾乎已靠在郭大路懷裡。

幸好屋裡沒有燈，也看不出他臉上是什麼顏色，什麼表情。

他立刻退出了兩步，咬著嘴唇，道：「我能不能不臭？」

郭大路道：「不能。」

燕七忍不住問道：「爲什麼？」

郭大路道：「因爲我從來沒看過你洗澡，也沒看過你換衣服，你本來應該臭得要命才對的。」

燕七道：「放屁。」

郭大路笑道：「放屁就更臭了。」

燕七狠狠的瞪著他，好像很想給他一個耳刮子，幸好就在這時，牆外突然有個人輕煙般掠了進來。

他當然不會真的像煙一樣，但卻真輕，一掠三丈後，落在地上，居然連一點聲音都沒有。

他身子不但輕，而且特別瘦小，簡直跟小孩子的身材差不多。

可是他臉上卻已有了很長的鬍子，幾乎已和亂鬆鬆的頭髮連在一起，遮住了大半個臉，只能看到一雙狐狸般的狡猾的眼睛。

他眼睛四下一轉，就盯在倚著柱子的黑衣人身上。

黑衣人還是沒有動，也沒有睜開眼睛。

這人忽然一招手，牆外立刻就又掠入了三個人來。

這三個人的身材當然高大些，但輕功卻都不弱，三個人都是勁裝，一身夜行衣靠，手上都拿著兵器。

一個人用的是判官筆，一個人用的是弧形劍，一個人用的是鍊子槍，那枯瘦的老人也亮出了一對雙環。

四種都是很犀利，也很難練的外門兵器。

能用這種兵器的人，武功絕不會差。

但黑衣人還是不動寂然的站著，連一點反應都沒有。

四個人的神情都很緊張，眼睛瞬也不瞬的盯在他身上，一步步向他逼了過去，顯然隨時都可能使出殺手，一下子就要他的命。

郭大路看了燕七一眼，意思像是說：「原來他們並不是同路的。」

燕七點點頭。

兩個人都按兵不動，心頭都有同樣的打算，要看看這四個用外門兵器的夜行盜，怎麼樣來對付這神秘的黑衣人。

誰知就在這時，大門忽然開了。

郭大路本來明明記得已將大門拴上了的，現在不知怎的，竟又無聲無息的開了。

一個穿著碧綠長衫的人，手裡搖著摺扇，施施然走了進來。

他穿得很華麗，神情很瀟灑，看來就像是個走馬章台的花花公子。

郭大路看清他的臉時，卻不禁嚇了一跳。

那簡直就不像是張人的臉，就連西藏喇嘛廟裡的魔鬼面具，都沒有這張臉可怕。

因爲這確是一張活生生的臉，而且臉上還有表情。

一種令人看了之後，睡著了都會在半夜裡驚醒的表情。

郭大路若非親眼看到，簡直不相信這麼樣一個人身上，會長著這麼樣一張臉。

那四個用外門兵器的人，居然還沒有發覺又有個人進來了。

這綠衫人的腳步，輕得就好像根本沒有沾著地似的，飄飄然走到那用判官筆的人背後，用手裡的摺扇輕輕拍了拍這人的肩。

這人立刻就像隻中了箭的兔子般跳了起來，凌空一個翻身，落在那枯瘦老人的旁邊。

他們這才看見了這綠衫人，臉上立刻充滿了驚駭之意。

郭大路又和燕七交換了個眼色：「原來這些人也不是一路來的。」

這些人就像是正在演一齣無聲的啞劇，但卻實在很神秘、很刺激。

綠衫人手裡還在輕搖著摺扇，顯得從容得很。

那四個用外門兵器的人卻更緊張，手裡的兵器握得更緊。

綠衫人忽然用手裡的摺扇，指了指他們，又向門外指了指。

這意思顯然是叫他們出去。

四個用外門兵器的人對望了一眼，那老人咬了咬牙，搖了搖頭，用手裡的鋼環指了指這棟屋子，又向他們自己指了指。

他的意思顯然是說：「這地盤是我們的，我們不出去。」

綠衫人忽然笑了。

無論誰都不可能看到這樣子的笑。

無論誰看到這樣子的笑，都一定會爲之毛骨悚然。

四個用外門兵器的人腳步移動，已站在一起，額上冒著光，顯見已是滿頭冷汗。

綠衫人摺扇又向他們手裡的兵器指了指，好像是在說：「你們一起上來吧！」

四個人又對望了一眼，像是已準備出手，但就在這時，綠衫人忽然間已到了他們面前。

他手裡的摺扇輕輕在那用鍊子槍的人頭上一敲。

敲得好像並不重。

但這人立刻就像是一灘泥般軟軟的倒了下去，一個大好的頭顱竟已敲得裂開，飛濺出的血漿在夜色中看來，就彷彿是一片落花。

他倒下去的時候，弧形劍已劃向綠衫人的胸膛。

劍走輕靈，滑、狠，而且快。

但綠衫人更快。他一伸手，就聽到「咔嚓」一聲，接著，又是「咔嚓」一聲。

弧形劍「叮」的掉在地上，這人的兩隻手已齊腕折斷，只剩下一層皮連在腕子上。

他本來還是站著的，但看了看自己這雙手，突然就暈了過去。

這不過是一瞬間的事。

另外兩個已嚇得面無人色，兩條腿不停的在彈琵琶。

那老人總算沉得住氣，忽然向綠衫人彎了彎腰，用鋼環向門外指了指。

誰都看得出他已認輸了，已準備要走。

綠衫人又笑了笑，點了點頭。

這兩人立刻將地上的兩個屍體抬起來，大步奔了出去。

他們剛走出門，綠衫人身形一閃，忽然間也已到了門外。

門外發生了什麼事，郭大路並沒有看見，只聽到兩聲慘呼。

接著，幾樣東西從門外飛了進來，跌在地上，原來正是一對判官筆，一對鋼環。

但判官筆已斷成四截，鋼環也已彎曲，根本已不像是個鋼環。

郭大路倒抽了口涼氣，看著燕七。

燕七眼睛裡似也有些驚恐之色。

這綠衫人的武功不但高，而且高得邪氣。

最可怕的是，他殺起人來，簡直就好像別人在切菜似的。

無論誰看到他殺人的樣子，想不流冷汗都不行。

但那黑衣人還是沒看見，因爲他根本就沒有動，沒有睜開眼來。

院子發生了這麼多事，就在他面前死了這些人，他還是連一點反應都沒有。
就算天下的人都在他面前死光了，他好像也不會有一點反應。
這時那綠衫人又施施然從門外走了進來，手裡輕搖摺扇，顯得又瀟灑、又悠閒。
若有誰能看得出他剛才一口氣殺了四個人，那才是怪事。
他有意無意，向郭大路他們那窗口瞟了一眼，但還是筆直走到黑衣人的面前。
走廊前有幾級石階。
他走到第二級石階，就站住，看著黑衣人。
郭大路忽然發現這黑衣人不知在什麼時候也張開眼睛來了，也正在看著他。
兩個人你看著我，我看著你，那樣子看來本該很滑稽的。
但郭大路卻連一點滑稽的感覺都沒有，只覺得手心有點發冷。
連他手心都已沁出了冷汗。
又過了很久，綠衫人忽然道：「剛才『惡鳥』康同已帶著他的兄弟來過了。」
這是他第一次開口，原來他不但風度翩翩，說話的聲音也很好聽。
只要不看他的臉，只聽他說話，只看他的風姿，真是位濁世佳公子。
黑衣人道：「哼。」
綠衫人道：「我生怕他們打擾了你的清夢，已打發了他們。」
黑衣人道：「哼。」

綠衫人道：「你莫非也已知道他們要來，所以先在這裡等著他們？」

黑衣人道：「他們不配。」

綠衫人笑道：「不錯，這些人的確還不配你出手，那末你是在等誰呢？」

黑衣人道：「鬼公子。」

綠衫人道：「承蒙你看得起，真是榮幸之至。」

原來他叫做鬼公子。

郭大路覺得這名字真是再恰當也沒有了。

但這黑衣人是誰呢？

是不是南宮醜？他爲什麼要在這裡等這鬼公子？

鬼公子又道：「你在這裡既然是等我的，莫非已知道我的來意？」

黑衣人道：「哼。」

鬼公子道：「我們以前也見過面，彼此一直都很客氣。」

黑衣人道：「你客氣。」

鬼公子笑道：「不錯，我對你當然很客氣，但你卻也曾找過我的麻煩。」

黑衣人道：「哼。」

鬼公子道：「這次我希望大家還是客客氣氣的見面，客客氣氣的分手。」

黑衣人道：「哼。」

鬼公子道：「我只要問這裡的主人幾句話，立刻就走。」

黑衣人道：「不行！」

鬼公子道：「只問兩句。」

黑衣人道：「不行！」

鬼公子居然還是客客氣氣的，微笑著道：「爲什麼不行，難道你和這裡的主人是朋友？」

黑衣人道：「不是。」

鬼公子笑道：「當然不是，你和我一樣，從來都沒有朋友的。」

黑衣人道：「哼。」

鬼公子道：「既然不是朋友，你爲什麼要管這閒事呢？」

黑衣人道：「我已管了。」

鬼公子目光閃動，道：「莫非你也在跟我打一樣的主意？」

黑衣人道：「哼。」

鬼公子道：「催命符的錢是不是在這裡，還不一定，我們又何必爲此傷了和氣？」

黑衣人道：「滾！」

鬼公子笑道：「我不會滾。」

黑衣人道：「不滾就死！」

鬼公子道：「誰死誰活也還不一定，你又何必要出手？」

他看來居然還是一點火氣都沒有，一直都好像是忍氣吞氣，委曲求全。

無論誰來看，都絕對看不出他有動手的樣子。

但在那邊窗口看著的郭大路和燕七，卻突然同時道：「看，這人要出手了！」

說到第三個字時，鬼公子果然已出手。

也就在這同一刹那間，黑衣人的雙手一抬，握住了肩後的劍柄。

他兩隻手全都舉起，整個人前面都變成了空門，就好像個完全不設防的城市，等著敵軍長驅直入。

鬼公子的摺扇本來是以判官筆的招式，點他前胸玄機穴的，這時摺扇突然灑開，扇沿隨著這一灑之勢，自他的小腹刺向咽喉。

這一著的變化看來好像並沒有什麼特別精妙之處，其實就在這摺扇一撒之間，出手的方向，招式的路數，就好像他手裡突然間已換了種兵器。

這一著突然已由點，變成了劃，攻勢也突然由點，變成了面。

其變化之精妙奇突，實在能令他的對手無法想像。

黑衣人背後倚著柱子，站著的地方本來是個退無可退的死地。

再加上他雙手高舉，空門全露，只要是個稍微懂得點武功的人，對敵時都絕不會選擇這種地方，也不會選擇這種的姿勢。

他的劍長達六尺，在這種情況下，根本就沒法子拔出來。

別人根本就沒法子拔出來。

黑衣人有。

一個人若選擇了個這麼壞的地勢，這麼壞的姿勢來和人交手，他若不是個笨蛋，就一定有他自己獨特的法子。

鬼公子一扇劃出，黑衣人身子突然一轉，變成面對著柱了，好像要和這柱擁抱一樣。

他雖然堪堪將這一著避開了，但卻把背部完全賣給了對方。

這法子更是笨不可言。

連鬼公子都不禁怔了怔，他平生和人交手至少也有兩三百次，其中當然有各式各樣的人，有的很高明，也有的很差勁。

但像這樣笨的人，他倒還真是平生第一次見到。

誰知就在這時，黑衣人的手突然用力向柱子上一推，兩條腿也同時向柱子上一頂，腹部向後收縮，臀部向後突直。

他的人也箭一般向後竄了出去，整個人像是突然自中間折成了兩截，手和腿都疊到一起。

也就在這時，劍光一閃。

一柄六尺長的寒鐵劍已出鞘。

這種拔劍的法子，不但奇特已極，而且詭秘已極。

鬼公子想轉身追擊時，就發現這柄寒鐵劍的劍尖正在指著他。

黑衣人的整個身子都在長劍的後面，已連一點空門都沒有了。

最笨的法子，突然已變成了最絕的法子。

鬼公子突然發現自己已連一點進擊的機會都沒有。

他只有退，身形一閃，退到柱子後。

柱子是圓的，黑衣人的劍太長，也絕對無法圍著柱子向他進擊。

他只要貼著柱子轉，黑衣人的劍就不可能刺到他。

他就可以等到第二次進擊的機會。

這正是敗中求勝，死中求活的法子，這法子實在不錯。

鬼公子貼在柱子上，只等著黑衣人從前面繞過來。

黑衣人還在柱子的另一邊，連一點動靜都沒有。

難道他也在等機會？

鬼公子鬆了口氣，他不怕等，不怕耗時間，反正他已先立於不敗之地。

黑衣人要來攻，就得從前面繞大圈子，他卻只要貼著柱子轉小圈，兩個人體力的消耗，相差最少也有三四倍。

那麼用不著多久，黑衣人體力就會耗盡，他的機會就來了。

這筆賬他算得很清楚，所以他很放心。

他好像聽到柱子後面有「篤」的一響，就像是啄木鳥在啄樹的聲音。

他並沒有留意。

但就在這一剎那，他突又覺得背脊上一涼。

等他發覺不妙時，已感覺到有樣冰冷的東西刺入了他的背脊。

接著，他就看到這樣東西從他前胸穿了出來。

一截閃著烏光的劍尖。

鮮血正一滴滴從劍尖上滴下來。

你若突然看到一截劍尖，從你的胸膛裡穿出來，你會有什麼感覺呢？

這種感覺只怕很少有人能體會得到。

鬼公子看著這段劍尖，臉上的表情顯得很驚訝，好像突然看到了一樣很奇怪，很有趣的事。

他呆呆的看了兩眼，一張臉突然因恐懼而扭曲變形，張大了嘴，像是想放聲大喊。

可是，他的喊聲還沒有發出來，整個人就突然冰涼僵硬。

完全僵硬。

遠遠看過來，好像他還在凝視著自己胸前的劍尖沉思著。

鮮血還在不停的自劍滴落。

滴得很慢，愈來愈慢……

他的人還是保持著同樣的姿勢──一種說不出有多麼詭秘可怖的姿勢。

燕七已轉過頭，不忍再看。

郭大路的眼睛雖然張得很大，其實也並沒有真的看見什麼。

剛才那一幕，已經把他看得呆住了。

他清清楚楚的看見，黑衣人鼓氣作勢，突然一劍刺入了柱子。

他也清清楚楚的看見，劍尖沒入柱子，突然又從鬼公子的前胸穿出。

他實在很難相信自己看到的這件事是真的。

──你聽來也許會立刻相信，但若親眼看到，反而很難相信。

這是柄什麼劍，這是什麼劍法？

郭大路嘆了口氣，等他眼睛再能看到東西時，就發現黑衣人不知何時已將長劍拔了出來。

但鬼公子的人卻還留在劍尖上。

黑衣人正用劍尖挑著鬼公子的屍體，慢慢的走了出去。

一個看不見面目的黑衣人，肩上扛柄六尺長的劍。

劍鋒發著烏光，劍尖上挑著個僵硬扭曲的綠衣人……

夜色淒清，庭院寂靜。

假如這縱然只不過是一幅圖畫，看見這幅圖畫的人，也一定會毛骨悚然的。

何況這並不是圖畫。

三

郭大路忽然覺得很冷，突然想找件衣服披起來。

他只希望今天晚上發生的這件事，只不過是場噩夢而已。

現在夢已醒了。

黑衣人已走了出去，院子裡已沒有人。

還是同樣的院子，同樣的夜色，郭大路喃喃道：「現在到這裡來的人，若能想像到剛才這裡發生過什麼事情，我就佩服他。」

王動忽然道：「剛才這裡發生過什麼事？」

郭大路道：「你不知道？」

王動道：「不知道。」

郭大路道：「剛才這裡難道什麼事都沒有？」

王動道：「沒有。」

郭大路笑了，道：「不錯，已經過去了的事，根本就跟從未發生過的沒什麼兩樣。」

王動道：「答對了。」

郭大路道：「所以你最好莫要多想，想多了反而煩惱。」

王動道：「又答對了。」

燕七忽然道：「這次不對。」

王動道：「哦？」

燕七道：「因爲這件事無論你想不想，都一樣會有煩惱。」

郭大路道：「什麼煩惱？」

燕七嘆了口氣，道：「現在我還看不出，也想不出，所以我才知道那一定是很大的煩惱。」

他們忽然同時閉上了嘴。

因爲這時那黑衣人又慢慢的走了進來，穿過院子，走上石階，站在柱子前。

他背後的長劍已入鞘。

郭大路忍不住道：「我去問問他。」他不等別人開口，已跳出窗子，衝了過去。

黑衣人倚著柱子，閉著眼睛，似又睡著。

郭大路故意大聲咳嗽，咳得自己的嗓子真的已有些發癢了。

黑衣人這才張開眼，冷冷的看著他，冷冷道：「看來你應該趕快去找個大夫才對。」

郭大路勉強笑了笑，道：「我用不著找大夫，我自己也有專治咳嗽的藥。」

黑衣人道：「哦。」

郭大路道：「我無論有什麼大大小小的毛病，喝酒就好。」

黑衣人道：「哦。」

郭大路道：「現在你是不是也想喝兩杯了。」

黑衣人道：「不想。」

郭大路道：「爲什麼？你剛才不是已經……已經殺過人了嗎？」

黑衣人道：「誰說我殺過人？」

郭大路怔了怔，道：「你沒有？」

黑衣人道：「沒有。」

郭大路道：「剛才你殺的那……」

黑衣人道：「那不是人！」

郭大路訝然道：「那不是人？要什麼樣的人才能算是人？」

黑衣人道：「這世上的人很少。」

郭大路又笑了，道：「我呢？能不能算是人？」

黑衣人道：「你要我殺你？」

郭大路目光閃動，道：「你若不殺我，怎麼能得到催命符的賊贓呢？」

黑衣人道：「這裡沒有賊贓，這裡什麼都沒有。」

郭大路道：「你知道？」

黑衣人道：「嗯。」

郭大路道：「那末你爲什麼來的？」

黑衣人道：「錯過宿頭，來借宿一宵。」

郭大路道：「可是剛才你卻爲這件事殺了那個不是人的人？」

黑衣人道：「不是爲這件事。」

郭大路道：「你是爲了我們殺他的？」

黑衣人道：「不是。」

郭大路道：「你爲了什麼？」

黑衣人冷冷道：「我要睡了，我睡的時候，不喜歡別人打擾。」

他果然又慢慢的閉起眼睛，再也不說一個字。

郭大路看著他，看著他肩後的劍，竟然覺得自己很走運。

第二天一早，黑衣人果然不見了。

他什麼也沒有帶走，什麼也沒有留下——只留下了柱子上的一個洞。

郭大路看著柱子上的這個洞，忽然笑道：「你知不知道我在想什麼？」

燕七搖搖頭。

郭大路道：「我想我實在很走運。」

燕七道：「走運？爲什麼？」

郭大路道：「因爲我上次遇見的那黑衣人，不是這個。」

燕七沉吟著，道：「但這次你還是遇見了他。」

郭大路道：「這次我也沒有倒楣，他對我們非但連一點惡意都沒有，而且還好像是特地來幫我們忙的。」

燕七道：「他是你朋友？」

郭大路道：「不是。」

燕七道：「是你兒子？」

郭大路笑道：「我若有這麼樣一個兒子，不發瘋也差不多了。」

燕七道：「你以爲他真是無意中到這裡來的，幫了我們一個忙之後，就不聲不響的走了，非但不要我們道謝，連我們的酒都不肯喝一杯。」

他搖著頭，冷笑道：「你以爲天下真有這麼樣的好人好事？」

郭大路道：「你的意思，是不是說他一定還另有目的？」

燕七道：「是。」

郭大路道：「他的目的是什麼呢？」

燕七道：「不知道。」

郭大路道：「就因爲你不知道，所以才認爲他一定會爲我們帶來很多麻煩的，是不是？」

燕七道：「是。」

郭大路道：「你想這麻煩什麼時候會來呢？」

燕七目光凝視著遠方，緩緩道：「就因為你不知道那是什麼樣的麻煩，也不知道它什麼時候會來，所以那才是真正的麻煩，否則就也用不著擔心了。」

卅六　神秘的南宮醜

一

世上並沒有真正「絕對」的事。

同樣的一件事，你若由不同的角度去看，就往往會有不同的結論。

若有個迷路在荒山中的旅人，夜半來敲門求宿，你只要還有點同情心，就「絕對」應該收容他的。

來的若是個蒙面的黑衣人，你是不是收容他，就不一定了。

就算收容他，也「絕對」應該有戒心的，多多少少總會提防著些。

但來的這黑衣人，若是昨天晚上剛爲你出過力，幫過你忙的，那情況是不是又完全不同了呢？

情況不同，做法當然也就會改變。

只有原則才是不變的。

有些人無論做什麼事，無論怎麼去做，都有一定的原則。

郭大路他們的原則是什麼呢？

他們很容易就會忘記別人的仇恨，卻很難忘記別人的恩情。

你只要對他們有過好處，無論在什麼情況下，他們都一定會想法子報答你。

只要是他們答應過的話，無論在什麼情況下，都一定會想法子做到的。

就算打破頭也要去做到。

他們絕不會找藉口來推諉自己的責任，更不會厚著臉皮賴賬。

無論遇到什麼樣的事，他們都絕不會逃避。

二

夜半，又有人來敲門。

敲門聲很急。

第一個聽到敲門聲的，也許是燕七，也許是王動，但第一個搶著去應門的，卻一定是郭大路。

來的還是昨夜的那神秘的黑衣人。

他還是幽靈般站在那裡，緩緩道：「荒山迷路，錯過了宿頭，不知是否能在這裡借宿一宵？」

郭大路笑了，道：「能，當然能，莫說只借宿一宵，就算在這裡住一年，也沒問題。」

黑衣人道：「真的沒問題？」

郭大路道：「一點問題也沒有，不管你是不是錯過了宿頭，你隨時來，我們隨時歡迎。」

黑衣人道：「閣下雖如此，只怕別人……」

郭大路搶著道：「別人也一樣，你既然來了，就是我們的客人。」

黑衣人道：「哪種客人？」

郭大路道：「我們的客人只有一種。」

黑衣人道：「主人卻有很多種。」

郭大路道：「哦？」

黑衣人道：「有種主人隨時都會逐客的。」

郭大路笑道：「那種主人這地方絕沒有，你只要進了這道門，除非你自己願意出去，否則就絕不會有任何人要你走的。」

黑衣人忽然長長嘆息一聲，道：「看來我果然沒有敲錯門。」

他這才慢慢的走了進來，穿過院子，走上長廊。

他走路的姿勢還是沒有變，樣子也沒有變，但卻至少有一樣事變了——變得話多了起來。

在這片刻之間，他說的話比昨天一晚上加起來都多了兩三倍。

夜雖已很深，但還有兩三間屋子燈光是亮著的。

林太平好像還在看書。

燕七呢？

他在屋裡做什麼，從來都沒有別人知道，因爲他總是喜歡將門窗都關得很緊。

黑衣人看著窗上的燈光，忽然道：「你的朋友都住在前面？」

郭大路點點頭，笑道：「我住的是最後一間，離吃飯的地方最近。」

最後一間房，不但燈還沒有熄，門也是開著的。

黑衣人走過去，站在門口，過了很久，才緩緩道：「有件事閣下雖然未說，想必也早就知道。」

郭大路道：「哪件事？」

黑衣人道：「沒有人真能站著睡覺的。」

郭大路笑了，道：「連坐著睡都很難。」

從開著的門裡望進去，可以看到屋裡的一張大床。

黑衣人看著這張床，忽又長長嘆息一聲，道：「但還有些事閣下卻想必不會知道。」

郭大路道：「哦？」

黑衣人緩緩道：「閣下絕不會知道，我已有多久未曾在這麼大的一張床上，安安穩穩睡過一宵了。」

郭大路笑了笑，道：「這件事我的確不知道，但卻知道另外一件事。」

黑衣人道：「哦？」

郭大路道：「我知道你今天晚上，一定可以在這張床上，安安穩穩的睡一宵。」

黑衣人霍然回頭，道：「真的？」

郭大路道：「當然是真的。」

黑衣人道：「閣下能讓我一直睡到天亮？」

郭大路微笑道：「就算睡到中午也無妨，我保證絕沒有人會來打擾。」

黑衣人看著他，眼睛裡發著光，忽然長長一揖，再也不說別的，就大步走了進去，而且關起了門。

然後，屋裡的燈也熄滅了。

燈已滅了很久，郭大路才慢慢的轉過身，坐在門外廊前的石階上。

富貴山莊裡並不是沒有別的空房，別的空床。

但他卻偏偏要坐在這裡，好像已準備要替這黑衣人守夜一樣。

卅七　紫衣女

夜很涼，石階更涼，但他不在乎，因為他的心是熱的。
長廊上響起了一陣很輕的腳步聲，一個人輕輕的走了過來。
他沒有回頭，因為他知道來的是誰。
來的當然是燕七。
他披著件很長的袍子，袍子拖在地上，他也在石階上坐了下來。
繁星滿天，銀河就像是條發光的絲帶，牽牛和織女星，就彷彿這絲帶上的兩粒明珠。
天上有比他們更亮的星，但卻沒有比他們更美的。
因為他們不像別的星那麼無情。
因為他們不是神，他們也有和人類同樣的愛情和苦難。
他們的苦難雖多，距離雖遠，但他們的愛情卻永遠存在。
燕七忽然輕輕嘆了口氣，道：「現在你總該已知道了吧？」
郭大路道：「知道什麼？」
燕七道：「麻煩——你昨天晚上還想不通的，現在卻已經來了。」

郭大路笑了笑，道：「把自己的床讓給客人睡一夜，並不能算麻煩。」

燕七道：「這能不能算是麻煩，還得看客人是個什麼樣的人。」

郭大路道：「他是個什麼樣的人？」

燕七道：「是個有麻煩的人，而且麻煩還不小。」

郭大路道：「哦？」

燕七道：「就因爲他知道自己有麻煩，所以才躲到這裡來。」

郭大路道：「哦？」

燕七道：「就因爲他今天晚上要躲到這裡來，所以昨天晚上才先來替我們做那些事，就好像要租房子的人，先來付訂金一樣。」

郭大路道：「哦？」

燕七道：「你用不著裝傻，其實這道理你早也就知道了。」

郭大路道：「我知道什麼？」

燕七道：「你知道今天晚上一定會有人來找他，所以才會守在這裡，準備替他擋住。」

郭大路沉默了半晌，緩緩道：「昨天晚上有人來找我們麻煩的時候，是誰替我們擋住的？」

燕七道：「是他。」

郭大路道：「那末，今天晚上就算真有人要來找他麻煩，我們爲什麼不能替他擋一擋？」

燕七道：「那也得看是什麼樣的麻煩。」

郭大路道：「不管什麼樣的麻煩都一樣，我們既已收下了他的訂金，就得把房子租給他。」

燕七也沉默了半晌，才緩緩道：「你看他武功比你怎麼樣？」

郭大路道：「好像比我高明些。」

燕七道：「現在我們這裡，能出手的只有兩個人，他擋不住的麻煩，我們能擋得住？」

郭大路道：「我們總得試一試。」

他說「試一試」的意思，就是說已準備拚命了。

燕七道：「他若是個強盜，是個殺人的兇手呢？你也替他擋住？」

郭大路道：「那完全是兩回事。」

燕七道：「什麼兩回事？」

郭大路道：「別人爲什麼找他，是一回事；我爲什麼要替他擋住，又是另外一回事。」

燕七道：「你爲的是什麼？」

郭大路道：「因爲他今天晚上是我的客人，因爲我已答應過他，讓他安安穩穩的睡一夜。」

燕七道：「別的你都不管？」

郭大路道：「反正今天晚上我管的就只這一樣。」

燕七瞪著他，咬著嘴唇：「你……你究竟是個什麼樣的人？」

郭大路道：「我就是個這樣子的人，你早就應該知道的。」

燕七瞪著他，突然跺了跺腳，站起來，扭頭就走。

走了兩步，又停下，將身上披著的袍子一拉，甩在他身上。

郭大路笑了，道：「你若怕我冷，就最好替我找瓶酒來。」

燕七咬著嘴唇，恨恨道：「我怕你冷？我只怕凍不死你。」

袍子又寬又大，也不知是誰的。

燕七的屋子裡面，好像總是會出現些奇奇怪怪的東西。

以前他每隔一陣子，總要失蹤幾天，近來這毛病似已漸漸改了，但郭大路總覺得他還是有點神秘，跟每個人都有點距離。

像他們這麼好的朋友，這種距離本來應該早已不再存在。

袍子很舊了，也很髒，而且到處都是補釘，但卻一點也不臭。

這也是郭大路一直都很奇怪的事。

燕七好像從來都沒有洗過澡，但一點也不臭。

而且他身上雖然髒，但屋子裡卻總是收拾得乾乾淨淨。

郭大路下定決心，明天一定要問他一句：「你究竟是個什麼樣的人呢？」

現在燕七屋子裡的燈也熄了，但郭大路知道他絕不會真睡著的。

郭大路將袍子披在身上，心裡立刻充滿了溫暖之意，因爲他也知道燕七嘴裡無論說得多麼硬，但只要是他的事，燕七就一定比誰都關心，比誰都著急。

夜很靜，風吹著牆角的夾竹桃，花影婆娑。

郭大路真想找點酒來喝喝，但就在這時，他忽然聽到一陣奇異的樂聲。

樂聲輕妙飄忽，開始的時候在東邊，忽然又到了西邊。

接著，四面八方好像都響起了這麼奇異的樂聲。

「來了，找麻煩的人畢竟來了。」

郭大路只覺得全身發熱，連心跳都變得比平常快了兩三倍。

來的究竟是個怎麼樣的人？他當然猜不出。

但他卻知道那一定是個很厲害的角色，否則黑衣人又怎會怕得躲起來？

來的人愈厲害，這件事就愈刺激。

郭大路眼睛瞪得大大的，身上披著的袍子也掉了下來。

突然「砰」的一聲，大門被撞開。

兩個捲髮虬髯，勾鼻碧眼，精赤著上身的崑崙奴，突然在門口出現，身上只穿著條繡著金花的撒腳褲，左耳上掛著個很大的金環。

他們手裡捧著卷紅氈，從門口一直鋪到院子裡，然後就凌空一個翻身，同時退了出去，連眼角都沒有瞟郭大路一眼，就好像院子裡根本沒有人似的。

郭大路雖已興奮得連汗都冒了出來，卻還是沉住了氣。

因爲他知道好戲一定還在後頭。

這兩個崑崙奴來得雖奇突詭秘，但也只不過是跑龍套的，主角一定還沒有登場。

門外果然立刻又有兩個人走了進來。

兩個打扮得奇形怪狀的蠻女，滿頭黑髮梳成了七八十根辮子，東一根，西一根，隨著樂聲搖來搖去。

兩人手上都提著個很大的花藍，正用嫩藕般的粉臂，將一朵朵五顏六色的鮮花，撒在紅氈上。

兩個人都長得很美，短裙下露出一截雪白晶瑩的小腿。

腿上戴著一串金鈴，隨著舞姿「叮叮噹噹」的響。

郭大路眼睛張得更大了。

只可惜他們卻也眼角都沒有往這邊瞟一眼，撒完了鮮花，也淩空一個翻身，退了出去。

「看來這件事不但愈來愈刺激，而且也愈來愈有趣了。」

無論什麼事，其中若有美女參加，總是特別刺激有趣的。

何況美女好像也愈來愈多了。

四個長裙曳地，高髻堆雲的宮裝少女，手提著四盞宮燈，嬝嬝而來。

四個人都是風姿綽約，美如天仙，剛停下腳步，那兩個身高腿長的崑崙奴，就抬著架胡床，自門外大步而入。

胡床上斜倚著一個紫衣貴婦，手裡托著個亮銀水煙袋，悠悠閒閒的吸著，輕煙雲霧般四散縹緲，她的面目如在雲霧裡。

她手裡架著根很長的龍頭拐杖，床邊還有佚儒少女，正在輕輕的替她捶腿。

郭大路暗中嘆了口氣。

他雖然看不到這紫衣貴婦的面目，但看到這龍頭拐杖，看到這捶腿的少女，無論誰都已能猜得出，她年紀一定已不小。

這真是唯一美中不足的事。

事情發展到這裡，一直都很有趣，主角若也是個花容月貌的美人，豈非就更十全十美了？

幸好郭大路一向很會安慰自己：「無論如何，這老太婆一定是個很了不起的角色，只看到她這種氣派，江湖中只怕已很少有人能比得上。」

所以這件事畢竟還是很有趣的。

至於這老太婆是什麼人？怎麼會和那黑衣人結下了仇？

仇恨究竟有多深？郭大路是不是能擋得住？

這幾點他好像連想都沒有想。

事情既然已包攬在自己身上，反正擋不住也要擋的，想又有什麼用？

所以他索性沉住了氣，等著，別人不開口，他也不開口。

別的人也沒有開口。

過了很久，那紫衣婦人嘴裡突然噴出了口濃煙，箭一般向郭大路噴了過來。

好濃的煙。

郭大路雖然喝酒，卻從不抽煙，被嗆得幾乎連眼淚都流了出來，幾乎忍不住要罵了。

但一個人若能將一口煙噴得這麼直，這麼遠，你對她還是客氣點的好。

煙霧還未消散，只聽一人道：「你是什麼人，三更半夜的坐在這裡幹什麼？」

聲音又響又亮，聽起來倒不像老太婆的聲音，但也並不好聽，問起話來更是又兇又橫，就好像公差在問小偷似的。

郭大路嘆了口氣，苦笑道：「這裡好像是我的家，不是你的，一個人坐在自己的家裡，總不犯法吧。」

他話未說完，又是一口煙迎面噴了過來。

這口煙更濃，郭大路被嗆得忍不住咳嗽起來，而且臉上好像被針在刺著。

只聽這人道：「我問你一句，你就答一句，最好少玩花腔，明白了嗎？」

郭大路摸著臉，苦笑道：「看樣子我想不明白也不行。」

紫衣貴婦道：「南宮醜在哪裡，你快點去叫他滾出來。」

那黑衣人果然是南宮醜。

郭大路又嘆了口氣，道：「抱歉得很，我不能叫他滾出來。」

紫衣貴婦道：「爲什麼？」

郭大路道：「第一，因爲他不是球，不會滾；第二，因爲他已睡著了，無論誰要去叫醒他，都得先做一件事。」

紫衣貴婦道：「什麼事？」

郭大路道：「先讓我倒下去。」

紫衣貴婦冷笑道：「那容易。」

這三個字還未說完，煙霧中突然飛來一條人影，寒光一閃，直取郭大路咽喉。

這人來得真快，幸好郭大路的反應也不慢。

可是他剛躲開這一劍，第二劍又跟著來了，一劍接著一劍，又狠又快。

郭大路避開第四劍時，才看出這人原來竟是那捤腿的侏儒少女。

她身高不滿三尺，用的劍也最多只有一尺六七，但劍法卻辛辣詭秘，已可算是江湖中的一流身手。

只可惜她的人實在太小，劍實在太短。

郭大路忽然抄住了那件長袍，隨手撒了出去。

袍子又長又大，就像是一大片烏雲一樣，那麼小的一個人，要想不被它包住，實在很難。

這少女「嚶嚀」一聲，嬌喘道：「以大欺小，不要臉，不要臉。」

話才說完，人已退了回去。

郭大路苦笑道：「不要臉至少也總比不要命好。」

紫衣貴婦冷笑道：「你敢來管我的閒事，還想要命麼？」

冷笑聲中，那兩個捲髮虯髯的崑崙奴，已出現在他面前，看來就像是兩座鐵塔似的。

郭大路又嘆了口氣，喃喃道：「小的實在太小，大的又實在太大，這怎麼辦？」

他不等這兩人出手，身子突然往前一衝，已自他們的肋下游魚般鑽了出去，一步就竄到胡床前，笑道：

「還是你不大不小，你若不是太老了些，剛剛好跟我能配得上。」

紫衣貴婦冷笑道：「你說我太老了嗎？」

這時她面前的煙霧已漸漸消散，郭大路終於看到了她的臉。

他居然忍不住驚呼了一聲，就像是看到了鬼似的，一步步往後退。

他從未想到看見的居然是這麼樣一張臉。

一張又漂亮，又年輕的臉，雖然又塗胭脂又抹粉，盡量打扮成大人的樣子，卻還是掩不住臉上的稚氣，就正如老太婆永遠沒法子用脂粉掩住臉上的皺紋一樣，無論用多厚的脂粉都不行。

這氣派奇大，又抽煙，又要人搥腿的「老太婆」，竟是個十六七歲的小姑娘。

郭大路實在大吃了一驚。

紫衣女已慢慢的從胡床上站了起來，一雙眼睛銅鈴般瞪著他。

他一步步往後退。

紫衣女就一步步逼前來，手裡居然還拄著那根龍頭拐杖。

這小姑娘明明又年輕、又漂亮，爲什麼偏偏要做出老太婆的模樣？

看她最多也只不過十六七歲，又怎會有那麼深厚的功力，就連她手下一個小丫頭，都有那麼高的劍術，那兩個崑崙奴，當然也絕不會是容易對付的角色。

這小姑娘是憑什麼能服得住這些人的呢？

她又怎會和成名已在二十年以上的南宮醜，結下了仇恨？

以南宮醜的名聲和劍法，爲什麼對這小姑娘怕得要命？

郭大路實在想不通，現在他根本也沒工夫想。

紫衣女的眼睛雖美，瞪著你的時候，卻好像老虎要吃人似的，冷冷道：「我老不老？」

郭大路道：「不老，一點也不老。」

紫衣女道：「你是不是想跟我配一對？」

郭大路道：「不……不想。」

他說的倒不是假話，像這樣的女孩子，也沒有人能受得了的。

紫衣女道：「你想不想要命？」

郭大路道：「想。」

紫衣女道：「想要命就去叫南宮醜滾出來。」

郭大路道：「你叫他滾出來幹什麼？」

紫衣女道：「要他的命。」

郭大路道：「你一定要在今天晚上殺他？」

紫衣女道：「是。」

郭大路道：「為什麼？」

紫衣女道：「因為我說過，天亮前若還殺不了他，就饒他一命。」

郭大路道：「你說過的話要算數，別人說的話也一樣不能不算數的。」

紫衣女道：「你說過什麼？」

郭大路道：「我說過，今天晚上要讓他安心睡一覺，睡到天亮，所以……」

紫衣女道：「所以怎麼樣？」

郭大路道：「所以你要殺他，就得先殺了我。」

紫衣女道：「你是他的朋友？」

郭大路道：「不是。」

紫衣女道：「你知不知道他做過多少壞事？」

郭大路道：「不知道。」

紫衣女道：「但你還是要爲他拚命？」

郭大路道：「不錯。」

紫衣女冷笑道：「你以爲我不敢殺人？」

郭大路勉強笑了笑，道：「你看來的確不像會殺人的樣子。」

紫衣女冷冷道：「我九歲時已開始殺人，每個月至少殺一個，你算算已有多少個了。」

郭大路倒抽了口涼氣，道：「好像已有七八十個了吧。」

紫衣女道：「所以再多加你一個，也沒關係。」

郭大路嘆了口氣，還未說話，突聽一人冷冷道：「你若要殺他，就得先殺了我。」

這不是燕七的聲音，是林太平。

夜色淒清，林太平不知何時已走了過來，臉色蒼白如紙。

紫衣女瞪眼道：「你是誰？」

林太平冷冷道：「你用不著管我是誰，你既已殺了七八十個人，再多加一個也沒關係。」

紫衣女冷笑道：「想不到這裡不怕死的人還真不少。」

林太平道：「的確不少。」

紫衣女道：「既然如此，我就成全了你。」

她身子一轉，手裡的龍頭拐杖突然一著「分花拂柳」，向林太平刺了過去。

她用的竟是劍法。

不但是劍法，而且是劍法中最輕盈的一種。

這麼長，這麼重的一根拐杖，在她一雙白生生的小手裡，竟變得好像沒有四兩重。

郭大路大喝道：「你的病還沒好，讓我來。」

但這時他想搶著出手，都已來不及了。

紫衣女已閃電般向林太平攻出了七招，劍走輕靈，變化無方。

林太平的人已被圍住。

他體力顯然還未恢復，似已無還手之力。

但紫衣女密如抽絲的劍法，卻偏偏沾不到他一片衣角。

突聽一聲清嘯，九尺長的拐杖筆直插入地上，紫衣女的人卻已在拐杖上風車般向林太平捲了過去。

這一著她竟以拐杖作骨幹，以人作武器，招式變化之詭異，更出人想像。

林太平腳步錯動，連退了九步。

紫衣女突又一聲清嘯，沖天而起，拐杖仍插在地上，她手裡卻多了柄精光四射的短劍。

劍本來藏在拐杖中的，一到了她手裡，她的人與劍就似已溶合爲一，連人帶劍向林太平刺了過去。

這一招更是妙絕、險絕。

郭大路的冷汗已被嚇了出來，他若遇著這一著，能避開的希望實在不多。

但林太平卻似乎對她招式的每種變化都早已熟悉得很。她的劍如經天長虹，剛飛到林太平面前，林太平身子突然一轉，向前衝出，已拔出了地上的拐杖。

紫衣女長嘯不絕，凌空翻身，回劍反刺。

林太平頭也不回，隨手將拐杖一揚。

只聽「錚」的一聲，火星四濺，短劍竟已沒入拐杖裡。

紫衣女的身子卻已沖天掠起，凌空翻了四個跟斗，才飄飄落下來，落在胡床前，看著林太平發怔。

郭大路也看得怔住了。

剛才林太平揮起的拐杖，若有半分偏差，紫衣女的劍只怕已刺入他的胸膛。

紫衣女出手的方向部位，他竟算得連半分都不差，就好像他跟紫衣女交手過幾百次，她一著還未出手，他就已知道了。

只見林太平隨手將枴杖往地上一插，掉頭就走。

卅八 冒名者死

紫衣女忽然大聲道：「等一等。」
林太平冷冷道：「還等什麼？」
紫衣女咬著嘴唇，道：「你……你難道這麼樣就想走了？」
她好像突然變得很激動，連手腳都在發抖。
林太平遲疑著，終於慢慢的轉過身，道：「你想怎麼樣？」
紫衣女道：「我……我……我只想問你一句話。」
林太平道：「你問吧。」
紫衣女握緊了雙手，道：「你是不是……」
林太平忽然打斷了她的話，道：「是。」
紫衣女跺了跺腳，道：「好，那末我問你，你那天爲什麼要逃走？」
林太平道：「我高興。」
紫衣女的手握得更緊，連嘴唇都發白了，顫聲道：「我有哪點配不上你，你一定要讓我那樣子丟人？」

林太平冷冷道：「是我配不上你，丟人的也是我，不是你。」

紫衣女道：「現在我既然已找到了你，你準備怎麼辦？」

林太平道：「不怎麼辦。」

紫衣女道：「你還是不肯回去？」

林太平道：「除非你殺了我，抬著我的屍體回去，否則就休想。」

紫衣女眼睛發紅，嘴唇都已咬出血來，恨恨道：「好，你放心，我絕不會找人來逼你回去的，但總有一天，我要叫你跪著來求我，總有一天……」

她語聲哽咽，已完全忘記來找南宮醜的事了，突又跺了跺腳，凌空一個翻身，掠出牆外。

跟著她來的人，眨眼間也全都不見。

只留下滿地香花，一卷紅氈。

夜更深，燈光遠去，黑暗中已看不出林太平面上的表情。

有些事，既不便問，也不必問。

過了很久，林太平才轉過頭，勉強向郭大路笑了笑，道：「多謝。」

郭大路道：「應該是我多謝你才對，你爲什麼要謝我？」

林太平道：「因爲你沒有問她是誰，也沒有問我怎麼認得她的。」

郭大路笑了笑，道：「你若想說，我不必問，你若不想說，我又何必問。」

林太平嘆了口氣，道：「有些事，不說也罷。」

他慢慢的轉過身，走回屋裡。

郭大路看著他瘦削的背影，心裡實在覺得很慚愧。

因爲他不問，只不過因爲他已猜出這紫衣女是誰，他知道的事，遠比林太平想像中多得多。

有些事，是他在瞞著林太平，不是林太平瞞著他。──那次他和燕七遇見林太平母親的事，直到現在，林太平還被蒙在鼓裡。

雖然他們是好意，但郭大路心裡總還是覺得有點不舒服。

他從來沒有在朋友面前隱瞞過任何事，無論爲了什麼原因都沒有。

有風吹過，吹起了地上的殘花。

然後他就聽見了燕七的聲音。

燕七輕輕道：「現在你想必已知道那位紫衣姑娘是誰了？」

郭大路點點頭。

他當然已猜出她就是林太平未過門的妻子，林太平就是爲了不願要這麼樣一個妻子，才逃出來的。

燕七嘆道：「直到現在我才完全明白，他爲什麼要逃出來。」

郭大路苦笑道：「像那樣的女孩子，連我都受不了，何況小林？」

燕七道：「原來你也有受不了的女孩子。」

郭大路道：「當然有。」

燕七道：「她長得不是很美嗎？」

郭大路道：「長得美又有什麼用？男人看女孩子，並不是只看她一張臉的。」

燕七眨眨眼，道：「男人怎麼樣看女孩子？」

郭大路道：「要看她是不是溫柔賢慧，是不是懂得體貼丈夫，否則她就算長得跟天仙一樣，也不見得有人喜歡。」

燕七用眼角瞟著他，道：「你呢？你喜歡什麼樣的女孩子？」

郭大路笑道：「我喜歡的女孩子，跟別的男人不一樣。」

燕七道：「哦？」

郭大路道：「若有一個女孩子真的能瞭解我，關心我，她就算長得醜一點，兇一點，我還是一樣會全心全意的喜歡她。」

燕七嫣然一笑，垂下頭，從他身旁走過去，走到牆角的花壇前。

夜色彷彿忽然又變得溫柔起來。

牆角的芍藥開得正艷，燕七輕撫著花瓣上的露珠，過了很久，才回過頭，就發現郭大路好像一直都在凝視著他。

他輕輕皺了皺眉，道：「我又不是女人，有什麼好看的？你爲什麼老是盯著我？」

郭大路道：「我……我覺得你今天走路的樣子，好像跟平常有點不同。」

燕七道：「有什麼不同？」

郭大路笑道：「你今天走路的樣子，好像特別好看，簡直比女孩子走路還好看。」

燕七的臉似又有些紅了，卻故意板起了臉，冷冷道：「我看你近來好像也有點變了。」

郭大路道：「哦？」

燕七道：「你最近好像得了種莫名其妙的毛病，總是會做些莫名其妙的事，說些莫名其妙的話，我真該替你找個大夫來看看才對。」

郭大路怔了半晌，目中竟真的露出了種憂鬱恐懼之色，竟真的好像一個人知道自己染上大病的樣子。

燕七卻又笑了，嫣然道：「但你也用不著太擔心，其實每個人多多少少都有點毛病的。」

郭大路道：「哦？」

燕七道：「你知不知道毛病最大的是誰？」

郭大路道：「不知道。」

燕七道：「就是那位玉姑娘。」

郭大路道：「玉姑娘是誰？」

燕七道：「玉姑娘就是剛才來的那女孩子，她姓玉，叫玉玲瓏。」

郭大路道：「玉玲瓏？」

燕七道：「你以前難道從來沒有聽說過她？」

郭大路道：「沒有。」

燕七嘆了口氣，搖著頭道：「看來你真是孤陋寡聞，一點學問也沒有。」

郭大路道：「我也看得出她毛病實在不小，但是我爲什麼一定要聽說過她呢？」

燕七道：「因爲她九歲的時候，就已經是江湖中的名人了。」

郭大路道：「九歲？你是說九歲？」

燕七點點頭，道：「她家世顯赫，而且從小就是個女神童，據說還未滿兩歲的時候，就已經開始練劍，五歲時就已把招式變化最繁複的一套『七七四十九式迴風舞柳劍』學全了。」

郭大路道：「她說她九歲的時候已殺過人，聽你這麼講，她說的話好像並不假。」

燕七道：「一點也不假，她九歲的時候非但真的殺過人，而且被殺的還是江湖中一個很有名氣的劍客。」

郭大路問道：「從那時以後，她每個月都要殺個把人？」

燕七道：「那也不假。」

郭大路忍不住笑道：「世上哪有這麼多人送給她殺？」

燕七道：「不是別人送去，是她自己去找別人。」

郭大路道：「到哪裡去找？」

燕七道：「到各處去找。只要她聽說有人做了件該殺的事，就立刻會趕去找那個人算賬。」

郭大路道：「難道她每次都能得手？」

燕七道：「她自己武功高低，你剛才已見過了，再加上那兩個崑崙奴，和兩個蠻女，也都是一等一的高手，甚至連那四個挑燈的婢女，武功都不弱，所以只要她找上門去，就很少有人能逃避得了。」

郭大路道：「難道就沒有人管管她？」

燕七道：「她父親死得很早，母親是江湖中最難惹的母老虎，對這寶貝女兒，一向千依百順，別人就算惹得起她，也惹不起她母親。」

她嘆了口氣，接著又道：「何況她殺的人本來就該殺，所以江湖中老一輩的人，非但沒有責備她，反而只有誇獎她。」

郭大路道：「所以她的毛病就愈來愈大了。」

燕七道：「所以她十三四歲的時候，就已成為江湖中派頭最大，武功也最高的女孩子——殺的人愈多，武功自然也愈高。」

郭大路道：「就因為如此，所以連南宮醜這樣的人，知道她要來找麻煩的時候都只有躲起來不敢露面？」

燕七道：「答對了。」

郭大路道：「南宮醜當然已知道她和小林的關係，所以才會躲到我們這裡來？」

燕七道：「又答對了。」

郭大路道：「但南宮醜若不是真的很該死，她也不會來找他的？」

燕七道：「不錯，她以前從來也沒有找錯過人。」

郭大路長長嘆了口氣，苦笑道：「所以錯的並不是她，是我。」

燕七道：「你也沒有錯。」

他柔聲接著道：「有恩必報，一諾千金，本來是男子漢大丈夫的本色，你這麼樣做，絕沒有人會怪你。」

郭大路道：「只有一個人會。」

燕七道：「誰？」

郭大路道：「我自己。」

天已快亮了。

郭大路身上還披著那件袍子，一個人坐在那裡，看見乳白色的晨霧，慢慢的從院子裡升起，聽著曉風自遠方傳來的雞啼。

然後，他就聽到開門的聲音。

他沒有回頭，臉上也沒什麼表情。

一陣很輕很慢的腳步，走到他身後，停下。

他還是沒有回頭，只淡淡的問了句：「你睡得還好麼？」

黑衣人就站在他身後，凝視著他脖子，道：「十年來我從未睡得如此安適過。」

郭大路道：「爲什麼？」

黑衣人道：「因爲從來沒有像你這樣的人，替我在門外看守過。」

郭大路笑了笑，道：「沒有人爲你看門，你就睡不著？」

黑衣人道：「有人替我看門，我也一樣睡不著。」

郭大路道：「爲什麼？」

黑衣人道：「因爲我從不相信任何人。」

郭大路道：「但你卻好像很信任我。」

黑衣人忽然笑了笑，道：「看來，你好像也很信任我。」

郭大路道：「怎見得？」

黑衣人緩緩道：「因爲除了你之外，從沒有別的人敢讓我站在他背後。」

郭大路道：「哦？」

黑衣人道：「我並不是個君子，我常常在背後殺人的。」

郭大路慢慢的點了點頭，道：「背後殺人的確方便得多。」

黑衣人道：「尤其是在這人點頭的時候。」

郭大路道：「爲什麼是在點頭的時候？」

黑衣人道：「每個人後頸上，都有一處最好下刀的地方，你只有找到這地方，才能一刀砍下他的腦袋來，這道理有經驗的劊子手都明白。」

郭大路又慢慢的點了點頭，道：「的確有道理，很有道理。」

黑衣人又沉默了很久，才緩緩地道：「你一直沒有睡？」

郭大路道：「我若睡了，你還能睡麼？」

黑衣人又笑了。

他的笑聲尖銳而短促，就好像刀鋒在磨擦。

他忽然走到郭大路前面來了。

郭大路道：「你爲什麼讓我站在你背後？」

黑衣人道：「因爲我不願被你誘惑。」

郭大路道：「誘惑？」

黑衣人道：「我若站在你背後，看到你再點頭時，手會癢的。」

郭大路道：「你手癢的時候就要殺人？」

黑衣人道：「只有一次是例外。」

郭大路道：「哪一次？」

黑衣人道：「剛才那一次。」

這句話說完，他忽然頭也不回的，大步走了出去。

郭大路看著他，直到他走到門口，忽然道：「等一等。」

黑衣人道：「你還有什麼話要說？該說的似已全都說完了。」

郭大路道：「我只有一句話要問你。」

黑衣人道：「問。」

郭大路慢慢的站起來，一字字道：「你是不是南宮醜？」

黑衣人沒有回答，也沒有回頭，但郭大路卻可以看得出，他肩上的肌肉似已突然僵硬。風也似乎突然停了，院子裡突然變得死寂無聲。

過了很久，郭大路才緩緩道：「你若不願說話，點點頭也行，但你可以放心，我從來沒有砍人腦袋的經驗，也絕不會在背後殺人。」

還是沒有風，沒有聲音。

又過了很久，黑衣人才緩緩道：「十年來，你是第七個問我這句話的人。」

郭大路道：「前面那六個人，是不是全都死了？」

黑衣人道：「不錯。」

郭大路道：「他們就是因爲問了這句話才死的？」

黑衣人道：「無論誰要問這句話，都得付出代價，所以你最好還是先考慮考慮再問。」

郭大路嘆了口氣，道：「我也很想考慮考慮，只可惜現在我已經問過了。」

黑衣人猝然回身，目光刀一般瞪著他，厲聲道：「我若是南宮醜又如何？」

郭大路淡淡地道：「昨天晚上我已答應過你，只要你走進這扇門，就是我的客人，絕沒有人會傷害你，也沒有人會趕你出去。」

黑衣人道：「現在呢？」

郭大路道：「現在這句話還是同樣有效，我只不過想留你多住些時候而已。」

黑衣人道：「住到什麼時候？」

郭大路又是淡淡道：「住到你想通自己以前所做的事都不對，住到你自己覺得慚愧、懺悔的時候，你就可以走了。」

黑衣人的瞳孔似在收縮，厲聲道：「我若不肯又如何？」

郭大路笑了笑，道：「那也很簡單。」

他慢慢的走過去，微笑道：「我脖子後面是不是也有處比較容易下刀的地方？」

黑衣人道：「每個人都有。」

郭大路道：「你若能找出來，一刀砍下我的腦袋，也可以走了。」

黑衣人冷笑道：「我已用不著再找。」

郭大路道：「你剛才就已找了出來？」

黑衣人道：「剛才我未曾下手，是爲了報答你昨夜之情，但現在……」

他身子突然向後一縮，人已箭一般倒竄了出去。

郭大路竟也跟著竄了過去。

黑衣人凌空一翻，劍已出鞘，七尺長劍，如一泓秋水。

突然間，「嗆」的一聲。

這柄秋水般的長劍上，竟又多了個劍鞘。

劍鞘是從郭大路的長袍下拿出來的。

黑衣人身子往後竄，他也跟著竄出，黑衣人的長劍出鞘，他就拿出了袍子下的劍鞘，往前面一套，套住了黑衣人的劍。

劍長七尺，劍鞘卻只有三尺七寸。

但黑衣人的劍既已被套住，就再也無法施展。

他身子還是在往後退，因爲他已沒法子不退——郭大路雙手握住劍鞘，用力往前送，他長劍若不撒手，就只有被一直推得往後退。

他長劍若是撒手，那麼就勢必要被自己的劍柄打在胸膛上。

他身子本就是往後退的，現在想改變用力的方向，再往前推，已不可能，所以現在根本已身不由主。

郭大路往前推一尺，他就得往後退一尺。

只聽「砰」的一聲，他身子已被推得撞在牆上。

這時他退無可退，長劍更不能撒手——只要一撒手，劍柄就會重重的打上他胸膛。

這情況之妙，若非親眼看到的人，只怕誰也想像不出。

郭大路笑道：「這一著你大概沒有想到過吧。」

黑衣人咬著牙，道：「這算是什麼功夫？」

郭大路笑道：「這根本就不能夠算是什麼功夫，因爲這種功夫，除了對付你之外，對付別的人根本就沒有用。」

他好像還生怕這黑衣人不懂，所以又解釋著道：「因爲世上除了你之外，絕沒有別的人會用這種法子拔劍的。」

黑衣人冷冷道：「你特地想出了這麼一著來對付我的？」

郭大路道：「答對了。」

黑衣人又道：「你其實早已存心要將我留在這裡的了？」

郭大路笑道：「其實留在這裡也沒什麼不好，至少每天都可以安心睡覺。」

黑衣人道：「哼！」

郭大路道：「只要你肯答應我留下來，我立刻就放手。」

黑衣人道：「哼！」

郭大路道：「『哼』是什麼意思？」

黑衣人冷笑道：「現在我雖然無法殺你，但你也拿我無可奈何，只要你一鬆手，我還是可以立刻置你於死地。」

郭大路道：「那倒也並非完全不可能。」

黑衣人道：「所以你休想以此要脅我，我就算肯答應，也得等你先放開手再說。」

郭大路看了他半晌，忽又笑了笑，道：「好，我不妨再信任你一次，只要你……」

他的話還沒有說完，還沒有放手，竟然看到一樣東西從黑衣人的胸膛鑽了出來。

一段劍尖！

劍尖上還在滴著血。

黑衣人看著這段劍尖，目中的表情就和鬼公子臨死前完全一樣。

郭大路也看得怔住了。

只聽黑衣人咽喉裡「格格」作響，彷彿想說什麼，卻又說不出。

郭大路突然大喝一聲，凌空掠起，掠出牆外。

這柄劍果然是從牆外刺進來的，穿過了黑衣人的胸膛，劍柄還留在牆外。

但只有劍柄，沒有人。

風又吹起，山坡上野草如波浪般起伏，但卻看不見半條人影。

劍柄上繫著塊白綢子，也在隨風捲舞。

郭大路想去拔劍，卻又發現白綢上還寫著七個墨漬淋漓的字：

「冒名者死！

南宮醜。」

劍尖上血漬已乾，黑衣人卻彷彿還在垂首凝視著這段劍尖，又彷彿還在沉思。

那神情也正和鬼公子死時完全一樣。

燕七、王動、林太平都遠遠的站在走廊上，看著他的屍體。

他來得奇突，死得更奇突。

但最奇突的還是，原來連他也不是南宮醜。

郭大路站在他身旁，看著他胸上的劍尖，似乎也在沉思。

燕七悄悄走過去，道：「你在想什麼？」

郭大路嘆了口氣，道：「我在想，他既不是南宮醜，爲什麼要替南宮醜揹這口黑鍋？」

燕七道：「什麼黑鍋？」

郭大路道：「他若不是南宮醜，玉玲瓏就不會殺他，他根本就不必躲到這裡來，現在當然也就不會死在這裡。」

燕七道：「你是不是在爲他難受？」

郭大路道：「有一點。」

燕七道：「但我卻只替南宮醜難受。」

郭大路道：「爲什麼？」

燕七道：「他冒了南宮醜的名，在外面也不知殺了多少人，做了多少壞事，南宮醜也許連影子都不知道，所以你本該說，是南宮醜替他在揹黑鍋，不是他替南宮醜揹黑鍋。」

郭大路想了想，終於點了點頭，卻還是嘆息著道：「但無論如何，他總是我的客人，總是死在我們院子裡的。」

燕七道：「所以你還是在爲他難受？」

郭大路道：「還是有一點。」

燕七道：「你剛才若真的鬆了手，不知道他現在會不會替你難受？」

郭大路道：「我若鬆開了手，他難道就會乘機殺我？」

燕七道：「你以爲他不會？」

郭大路嘆道：「無論你怎麼說，我還是覺得，人總是人，總有些人性的，你雖然看不見，摸不著，但卻也絕不能夠不相信它的存在，否則，你做人還有什麼意思？」

燕七凝視著他，忽也嘆息了一聲，柔聲道：「其實我又何嘗不希望你的看法比我正確？……」

郭大路抬起頭，遙視著雲天深處，沉默了很久，忽又道：「現在我也在希望一件事。」

燕七道：「你希望什麼？」

郭大路道：「我只希望，有一天我能看到真的南宮醜，看看他究竟是個怎麼樣的人……」

他眼睛裡發著光，緩緩接著道：「我想，他一定比我以前看到的任何人都神秘得多，可怕得多。」

但世上是不是真的有南宮醜這麼樣一個人存在呢？

誰也不知道，誰也沒有見過。

卅九　春去何處？

一

沒有人知道南宮醜的下落，正如沒有人能知道春的去處。

但春去還會再來，南宮醜卻一去無消息。

現在，春已將去。

院子裡的花雖開得更艷，只可惜無論多美的花，也不能將春留住。

天氣已漸漸熱了起來。

王動的傷勢雖已好了，但人卻變得更懶，整天躺在竹椅上，幾乎連動都不動。

除了他們為那黑衣人下葬的那一天……

那一天雖近清明，卻沒有令人斷魂的雨。

天氣好得很，他們從墓地上回來，王動又像往常一樣，走在最後。

紅娘子沒有來。

她的傷雖也已快好了，卻還是整天把自己關在房子裡——現在不是王動在躲著她，她反而好像總是在躲著王動。

女人的心，總是令人捉摸不透的。

這並不奇怪。

奇怪的是，郭大路最近好像也總是在躲著燕七。

燕七和林太平在前面走，他就懶洋洋的在後面跟著王動。

半路上，王動找了個有樹蔭的地方坐下來，伸了個懶腰，打了個呵欠。

他也跟著坐下來，伸了個懶腰，打了兩個呵欠。

王動笑了，看著他微笑道：「最近你好像變得比我還懶。」

郭大路道：「誰規定只有你才能最懶的？我能不能比你懶一點？」

王動道：「不能。」

郭大路道：「爲什麼不能？」

王動道：「因爲你最近本該比誰都有勁。」

郭大路道：「爲什麼？」

王動道：「你還記不記得那天燕七說你的話？」

郭大路道：「不記得。他說的話我爲什麼一定要記得？」

這人就好像剛吞下三斤火藥，一肚子都裝滿了火藥氣。

王動卻並不在意，還是微笑著道：「他說，我們這四個人之中，本來以你的武功最差的。」

郭大路道：「你們都有好師傅，我沒有。」

王動道：「可是自從那天你跟那黑衣人交過手之後，他才發現，我們的武功雖然比你高，但若真和你打起來，也許全都不是你的對手。」

郭大路冷冷道：「他說的話，也許連他自己都不相信。」

王動道：「但我卻相信，因爲我的看法也跟他的一樣。」

郭大路道：「哦？」

王動道：「你武功雖然不如我們，但是和人交手時，卻能隨機應變，制敵機先，若套句老話來說，你正是個天賦異稟，百年難遇的練武好材料，所以……」

郭大路道：「所以我們應該打一架來試試看，對不對？」

他的火藥味還是很重，王動還是不理他，微笑著道：「所以你應該振作起精神來，再好好的練練功夫，若能夠找個好師傅，以後說不定就是天下武林的第一高手。」

郭大路忽然長長嘆了口氣，道：「現在我倒並不想找個好師傅，只想找個好大夫。」

王動道：「爲什麼？」

郭大路咬著自己的手指道：「因爲……因爲我有病。」

王動動容道：「你有病？什麼病？」

郭大路道：「一種很奇怪的病。」

王動道：「你以前爲什麼沒有說起過？」

郭大路道：「因爲我……我不能說。」

他的確滿臉都是痛苦之色，並不像是在開玩笑的樣子。

王動居然也沒有再問。

因爲他知道問得愈急，郭大路愈不會說的。

他既然不問，郭大路反而憋不住了，反而問他：「你難道沒有發現最近我有點變了？」

王動皺著眉，沉吟著說道：「嗯，好像有那麼一點點。」

郭大路嘆道：「那就因爲我有病。」

王動試探著道：「你知不知道你的毛病在哪裡？」

郭大路指著自己的心口，道：「就在這裡。」

王動皺眉道：「你得的是心病？」

郭大路的臉色更痛苦。

王動道：「心病也有很多種，據我所知，最厲害的一種就是相思病——你難道得了相思病？」

郭大路不停的嘆氣。

王動卻笑了，道：「相思病並不丟人的，你爲什麼不肯說出來？說不定我還可以替你去作媒呢。」

郭大路用力咬著牙，又過了很久，忽然一把抓住王動的肩，道：「你是不是我的好朋友？」

王動道：「當然是。」

郭大路道：「好朋友是不是應該互相保守秘密？」

王動道：「當然應該。」

郭大路道：「我有個秘密，已憋了很久，再不說出來，只怕就要發瘋了，可是……可是我想說出來，又怕你笑我。」

王動道：「你……你得的難道是……是花柳病？」

郭大路道：「不是。」

王動鬆了口氣，道：「那就沒關係了，你儘管說出來，我絕不笑你。」

郭大路又猶豫半天，才苦著臉道：「相思病也不只一種，我得的卻是最見不得人的那一種。」

王動道：「為什麼見不得人？窈窕淑女，君子好逑，求之不得，輾轉反側，那本是天經地義的事，有什麼丟人？」

郭大路道：「可是……可是……我這相思病，並不是為女人得的。」

王動也怔住了，怔了半天，才試探著問道：「你相思病的對象難道是個男人？」

郭大路點點頭，簡直好像要哭出來的樣子。

王動好像很害怕的樣子，故意壓低了聲音，悄悄道：「不會是我吧？」

郭大路看著他，也不知是想哭，還是想笑，只有板著臉道：「我的病倒還沒有這麼重。」

王動卻似又鬆了口氣，笑道：「只要不是我，就沒有關係了。」

他忽又壓低聲音，道：「是不是小林？」

郭大路道：「你見了活鬼。」

王動又皺著眉想了半天，才展顏笑道：「我明白了，你喜歡的是燕七。」

郭大路不說話了。

王動悠然道：「其實我早就已看了出來，你老是喜歡跟他在一起。」

郭大路苦著臉，道：「以前我還並沒有覺得有什麼不對，還以爲那只不過因爲我們是好朋友，但後來……後來……」

王動眨了眨眼，道：「後來怎麼樣？」

郭大路道：「後來……後來就不對了。」

王動道：「什麼地方不對？」

郭大路道：「我也說不出來究竟什麼地方不對，反正只要我跟他在一起的時候，心情就特別不一樣。」

王動道：「有什麼不一樣？」

他倒真是打破砂鍋問到底，連一點都不肯放鬆。

郭大路道：「不一樣就是不一樣，反正……反正就是不一樣。」

他說了也等於沒說。

王動好像已忍不住要笑出來了，但總算還是忍住，正色道：「其實這也不能算丟人的事。」

郭大路道：「還不丟人？像我這樣一個男子漢，居然……」

王動道：「有這種毛病的人，你也不是第一個。斷袖分桃，連皇帝老子都有這種嗜好，而且千古傳爲佳話，我看你倒不如索性跟他……」

郭大路跳了起來，瞪著他，怒道：「原來你不是我的朋友，我看錯了你。」

他扭頭就想走了。

王動卻拉住了他，道：「別生氣，別生氣，我這只不過是在試試你的，其實我也早已看出來，燕七這個人有點不對了。」

郭大路怔了怔，道：「他有什麼不對？」

王動好容易才總算沒有笑出來，板著臉道：「你難道沒有看出他這人有點邪氣？」

郭大路道：「邪氣？什麼邪氣？」

王動道：「我們雖然是這麼好的朋友，但他卻還是像防小偷似的防著我們，睡覺的時候，一定先把門窗都拴上，對不對？」

郭大路道：「對。」

王動道：「他每次出去的時候，總是偷偷的溜走，好像生怕我們會跟著他似的，對不對？」

郭大路道：「對。」

王動道：「他好像從來沒洗過澡，但身上卻並不太臭；穿的衣服雖然又髒又破，但屋子裡卻比誰都乾淨……你說這些地方是不是都有點邪氣？」

郭大路臉色似乎有些發白，遲疑著道：「你的意思，難道是說他……」

王動道：「我什麼都沒有說，也沒有說他是魔教的人。」

他忽然大聲咳嗽，因爲若再不咳嗽，只怕就要笑出來了。

郭大路的臉色卻更發白，嘴裡翻來覆去的唸著兩個字：「魔教……魔教……」

王動咳嗽了半天，才總算忍住了笑聲，又道：「我只不過聽說魔教中有幾對夫妻很奇怪。」

郭大路道：「什麼地方奇怪？」

王動道：「這幾對夫妻，丈夫是男人，太太也是男人。」

郭大路就像是忽然中了一根冷箭似的，整個人都跳了起來，一把抓住了王動，嗄聲道：

「你……你一定要幫我個忙。」

王動道：「怎麼幫法？」

郭大路道：「想法子跟我大吵一架。」

王動道：「大吵一架？怎麼吵法？」

郭大路道：「隨便怎麼吵都沒關係，吵得愈厲害愈好。」

王動道：「爲什麼要吵？」

郭大路道：「因爲吵過之後我就可以一走了之。」

王動臉色也變了變，似乎覺得自己這玩笑開得太大了，過了半晌，才勉強笑道：「其實你也不必要走，其實他……」

他好像要說出什麼秘密，但郭大路卻打斷了他的話，搶著道：「其實我也不是真的要走，只不過暫時離開這裡一陣子。」

王動道：「然後呢？」

郭大路道：「然後我就在山下等著他，只要他出去，我就可以在暗中跟蹤，看看他究竟到些什麼地方去，跟些什麼人見面。」

他長長嘆了口氣，接著道：「無論如何，我也要查出他究竟有什麼秘密。」

王動沉吟著，道：「你為什麼不在家裡等？」

郭大路道：「因為我若就這樣跟蹤他，一定會被他發覺的。」

王動道：「難道你想到山下去易容改扮？」

郭大路道：「嗯。」

王動道：「你懂得易容術？」

郭大路道：「不懂，但我卻有我的法子。」

王動歪著頭，考慮了半天，緩緩道：「你既然已決心要這麼做，也未嘗不可，只不過……」

郭大路道：「只不過怎麼樣？」

王動道：「我們要吵，就得吵得像個樣子，否則他絕不會相信的。」

郭大路道：「不錯。」

王動道：「所以我們就要等機會，絕不能就這樣無緣無故的吵起來。」

郭大路道：「要等什麼樣的機會呢？」

王動笑了笑，道：「我雖然不太喜歡跟別人吵架，但要找個吵架的機會，倒並不太困難。」

郭大路道：「爲什麼？」

王動道：「因爲你本來就常常不說人話的。」

郭大路也笑了，道：「若是燕七在這裡，我現在就可以跟你吵起來。」

王動道：「現在我只擔心一件事。」

郭大路道：「擔心什麼？」

王動道：「我只怕他幫著你跟我吵，吵完了跟著你一起走。」

郭大路眨了眨眼，道：「這點你倒用不著擔心。」

王動道：「哦？」

郭大路道：「我既然能跟你吵，難道就不能跟他吵麼？」

王動又笑了，道：「當然能。有時你說的話，足足可以氣死一城的人，無論誰跟你吵起來，我都不會覺得很奇怪的。」

郭大路還沒有開口，突然聽到一聲驚呼，從那邊的樹林中傳了出來。

一個少女的聲音在放聲大叫：「救命呀……救命！」

男人聽到女孩子叫「救命」，大多數都會立刻趕過去。

就算他並沒有真的準備去救她，至少也會趕過去看看。

每個男人一生中，多多少少總會幻想過一兩次「英雄救美人」這種事的，只可惜事實上這種機會並不太多而已。

現在機會來了，郭大路怎麼肯錯過。

郭大路不等王動有所行動，就已經跳了起來，直衝過去。

只可惜他好像還是遲了一步。

他身子剛跳起來，就看到一個人箭也似的衝入了樹林。

叫「救命」的女孩子，大多數都不會長得太醜，但像現在叫救命的這個女孩子這麼樣漂亮的，倒也並不太多。

這女孩子年紀不大，最多也只不過十七八歲，梳著兩根油光水滑的大辮子，更顯得俏皮伶俐。

她手裡提著個花籃，一張白生生的瓜子臉已嚇得面無人色，正圍著一棵樹在打轉。

一個滿臉鬍子的彪形大漢，臉上帶著獰笑，圍著樹追。

他追得並不急，因爲他知道這女孩子已經是他口中的食物，已經休想逃出他的手掌心。

他再也想不到半路上竟會殺出個程咬金來。

幸好來的這程咬金，只不過是個年輕小伙子，長得也跟大姑娘差不多。

所以，不等林太平開口，他反而先吼了起來，大聲道：「你這兔崽子，誰叫你來的？若是撞走了老子的好事，小心老子把你的腦袋擰下來。」

林太平沉著臉，道：「什麼好事？」

大漢獰笑道：「老子在幹的什麼事，你小子難道看不出？」

那小姑娘已躲到林太平背後，喘著氣，顫聲道：「他不是好人，他……他要欺負我。」

林太平淡淡道：「你放心，現在已經沒有人能欺負你了。」

大漢怒吼道：「難道你這個兔崽子還想多管閒事不成？」

林太平道：「好像是的。」

大漢狂吼一聲，餓虎撲羊般，向林太平狠狠撲了過來。

看來他也是練過幾天功夫的，不但下盤很穩，而且出手也很快。

只可惜他遇著的是林太平。

林太平一揮手，他就已像野狗被踢了一腿，「骨碌碌」滾了出去。

他又驚又怒，嘴裡大罵著，看樣子還想爬起來，再拚一拚。

誰知後面已有個人一把揪住了他的衣領，把他整個人拎了起來。

這人不但力氣大，身材也不比他矮，只用一隻手拎住他，他居然連一點反抗的法子都沒有。

郭大路總算趕來了，拎著他走到林太平面前，微笑道：「你說應該怎麼打發這小子？」

林太平道：「那就得看這位姑娘的意思了。」

那小姑娘驚魂未定，身子還在發抖。

郭大路衝著她擠了擠眼，笑道：「這人欺負了你，我們把他宰了餵狗，你說好不好？」

小姑娘驚呼一聲，嚇得人都要暈了過去，一下子倒在林太平身上。

郭大路大笑，道：「我只不過是說著玩的，像這種臭小子，連野狗都不肯嗅一嗅的。」

他一揮手，喝道：「滾吧，滾得愈快愈好，愈遠愈好。」

用不著他說，這大漢早已連滾帶爬的跑了。

小姑娘這時才鬆了口大氣，紅著臉站了起來，盈盈拜倒，道：「多謝這位公子相救，否則……否則……」

她眼圈又開始發紅，連話都說不出了，像是恨不得抱住林太平的腳，來表示自己心裡有多麼感激。

林太平的臉也紅了。

郭大路笑道：「救你的又不是這位公子一個人，我也有份，你爲什麼不來謝謝我？」

小姑娘的臉更紅，更不知道應該怎麼辦才好。

幸好這時燕七已趕來，瞪著郭大路，道：「人家已經受了罪，你還要欺負她？」

他將這小姑娘從地上拉起來，又道：「他這人也有點毛病，你用不著理他。」

小姑娘垂著頭，道：「多……多謝。」

燕七道：「你一個小姑娘家，怎麼會跟那種人到這種地方來呢？」

小姑娘頭垂得更低，囁嚅著道：「我是個賣花的，他說這地方有人要把我這一籃子花都買下來，所以……所以我就跟著他來了。」

燕七嘆了口氣，道：「這世上男人壞的比好的多，下次你千萬要小心。」

林太平忽然開口問道：「你這一籃子花，共值多少錢？」

賣花姑娘道：「三……三……」

林太平道：「好，我就給你三兩銀子，這一籃花我全買下來。」

賣花女抬起頭，看著他，溫柔的目光中，充滿了感激。

林太平卻又紅著臉，扭過頭去，反而好像不敢面對著她。

郭大路看看林太平，又看看這賣花女，忽然問道：「小姑娘，你貴姓？」

賣花姑娘卻好像很怕他的樣子，他一開口，這小姑娘就嚇得退了兩步。

郭大路道：「你是不是住在山下？是不是最近才搬來的？我以前怎麼沒見過你？」

賣花姑娘紅著臉，垂著頭，咬著嘴唇，一句話也不說。

郭大路笑了，道：「你怎麼不說話呀？難道是個啞巴？」

賣花姑娘像是想說什麼，但還是什麼都沒說，忽然扭頭就跑。

只見她兩條大辮子在背後甩來甩去，跑出去很遠，忽又回過頭來，瞟了林太平一眼，把籃子裡的花全都拿出來，放在地上，道：「這些花全都送給你。」

話還沒有說完，臉更紅，跑得更快，好像生怕別人會追過去似的。

郭大路笑道：「這小姑娘膽子真小。」

燕七冷冷道：「看見你那副窮兇極惡的樣子，膽子再大的女人，也一樣會被你嚇跑。」

郭大路道：「我只不過問了她兩句話而已，又沒有怎麼樣。」

燕七道：「人家姓什麼，叫什麼，住在什麼地方，又關你什麼事？你有什麼好問的？」

郭大路道：「我又不是自己要問。」

燕七道：「你替誰問？」

郭大路向林太平呶了呶嘴，笑道：「你難道沒看見我們這位多情公子的樣子？」

林太平好像根本沒聽見他在說什麼，眼睛還盯在小姑娘身影消失的地方，竟似有些癡了。

二

春天還沒有去遠，早上的風裡，還帶著春寒。

郭大路推開門，深深吸了口氣，一院子春風就似已全都撲入他懷裡。

每天起得最早的人，一定是他，因爲他覺得將大好時光消磨在床上，實在是件很浪費的事。

但今天他推開門的時候，卻發現林太平已經站在院子裡。

站在院子裡發怔。

郭大路輕輕咳嗽了幾聲，他沒聽見，郭大路又敲了敲欄杆，他也沒聽見。

他眼睛直勾勾的盯在牆角的一叢芍藥上，心裡卻不知在想什麼？

郭大路輕輕走過去，突然大聲道：「早。」

林太平這回終於聽見了，同時也嚇了一跳，回頭看見郭大路，才勉強笑道：「早。」

郭大路盯著他的臉，道：「看你眼睛紅紅的，是不是昨天晚上沒睡好？」

林太平支吾著，道：「嗯。」

郭大路又道：「你看來好像有點心事，究竟在想什麼？」

林太平道：「我在想……春天好像已經過去了。」

郭大路點點頭，道：「不錯，春天已經過去了，昨天剛過去的。」

林太平道：「昨天過去的？」

郭大路微笑道：「你難道不知道麼？昨天那位小姑娘跑走的時候，春天豈非也已跟著她一起走了麼？」

林太平的臉紅了，郭大路故意嘆了口氣，喃喃道：「春天到哪裡去了呢？誰知道？——若有人知春去處，又何妨喚取歸來同住？」

林太平紅著臉道：「你能不能少說幾句缺德話？」

郭大路笑道：「我這話難道說錯了麼？你難道不想將春天留住？」

林太平道：「我……」

他忽然停住了口，因爲這時春風忽然傳來了一陣悠揚的歌聲：

「小小姑娘，清早起床，

提著花籃兒，上市場。
穿過大街，走過小巷，
賣花，賣花，聲聲嚷。
花兒雖美，花兒雖香，
沒有人買怎麼辦？
提著花籃兒，空著錢袋，
怎麼回去見爹娘？」

歌聲又甜又美，又有些酸酸的，不但林太平聽得癡了，就連郭大路都已聽得出神。

過了很久，他才輕輕嘆了口氣，喃喃道：「看來春天並沒有去遠，現在又回來了。」

他忽然用力一推林太平，笑道：「你還不出去，還怔在這裡幹什麼？」

林太平紅著臉道：「出去幹什麼？」

郭大路眨了眨眼，道：「人家昨天送了你那麼多花，今天你至少也該對人家表示點意思呀。」

林太平還在猶豫著，卻終於還是半推半就的，被郭大路推了出去。

霧已散，陽光滿地。

一個手提著花籃的小姑娘，正踩著滿地陽光，慢慢的走過來。

她抬起頭，忽然看見林太平，滿地陽光忽然全都到了她臉上。

也許還有一半在林太平臉上。

郭大路看了看他，又看了看那小姑娘，悄悄的退了回去，掩上門，將他們留在門外。

春風溫柔的就像是情人的眼波。

郭大路微笑著，心裡覺得愉快極了，背負起雙手，在院子裡慢慢的踱著步。

他本來並不想找燕七去的，但抬起頭來時，忽然發覺已到了燕七門外。

如此美的春光，怎能不讓朋友來同享？

郭大路終於伸出手，輕輕的敲門。

沒有回應。

敲門聲更大，還是沒有回應。

燕七怎會睡得這麼死？

郭大路大聲喚道：「太陽已經曬在頭上了，還不起來？」

門裡靜悄悄的，一點聲音也沒有。

背後卻有了聲音，是王動的聲音。

王動道：「他不在後面院子，也不在廚房。」

郭大路的臉色已有些變了，忍不住用力去推門。

門根本是虛掩著的。

郭大路一推開門，一院子春光好像都已被他推了出去。

屋子裡沒有人。

床上的被褥，還整整齊齊的疊在那裡，除此之外，就沒有別的。

非但燕七的人不在屋子裡，他的一些零星東西也全都不見了。

郭大路站在那裡，手腳冰冷。

王動的眉也皺了起來，喃喃道：「看樣子他好像是昨天晚上走的。」

郭大路道：「嗯。」

王動道：「這次他爲什麼把東西也帶走了呢？爲什麼連一句話都沒有留下來？」

郭大路突然轉身，用力抓住了王動的肩，道：「昨天晚上，你有沒有告訴他什麼？」

王動道：「你想我會告訴他什麼？」

郭大路道：「我跟你說的那些話。」

王動道：「你以爲我是那種人？」

郭大路道：「你真的什麼都沒有說？」

王動嘆了口氣接道：「現在我們已用不著吵架了，否則就憑著這句話，我已經可以跟你吵起來。」

郭大路怔了半晌，終於也長長嘆了口氣，慢慢的鬆開手。

王動勉強笑了笑，道：「其實你也用不著急，以前他也溜出去過，過幾天就會回來的。」

郭大路搖搖頭，苦笑道：「你自己剛才也說過，這次不同。」

王動道：「可是他根本沒有原因要不辭而別。」

郭大路低下頭，道：「也許……也許他也跟我一樣，也覺得有點不對了，所以……所以，還是不如走了的好。」

王動猶豫著，道：「其實你們根本也並沒有什麼不對勁。」

郭大路苦笑道：「還沒有？」

王動道：「其實他……他……」

郭大路道：「他怎麼樣？」

王動凝視他，過了半晌，忽又搖了搖頭，道：「沒怎麼樣，沒怎麼樣……」

他不等話說完，就掉頭走了。

郭大路道：「你到哪裡去？」

王動道：「去找杯酒喝喝。」

其實王動也並不是個能將話藏在心裡的人，只不過覺得，有些話還是不要說出來的好。

因爲他覺得，有些事郭大路也是不知道的好，知道得多了，反而更煩惱。

只可惜不知道也同樣煩惱。

現在春天才真的去遠了。
春去何處？從來沒有人知道。

三

「小小姑娘，清早起床。
提著花籃兒，上市場……」
甜美的歌聲，每天清晨都能聽得到。
只要聽到這歌聲，林太平就覺得春天已回來了。
但郭大路的春天卻已一去不返。
燕七的人也和春風一樣，一去就無蹤影，一去就無消息。
「他到哪裡去了？爲什麼一句話都不留下？」
郭大路決心要將這原因找出來。
所以他也走了。
走的時候只留下了一句話：「不找到他，我絕不回來！」
富貴山莊中的笑聲少了，天氣雖一天比一天熱，但在王動的感覺中，這地方卻似一天比一天冷。

沒有郭大路的消息，沒有燕七的消息，也沒有春天的消息。

只有那甜美的歌聲，還是每天都可以聽到。

除此之外，唯一令人稍覺愉快的，就是紅娘子的傷也已痊癒。

有一天，她和林太平陪著王動，坐在屋簷下。

蒼穹本來一碧如洗，但忽然間，烏雲已連天而起。

接著，夏日的雷雨就已傾盆而落。

雨水重簾般從屋簷上倒掛而下，牆角的殘花也已不知被雨水沖向何處。

王動看著簷上的雨簾，忽然長嘆了一聲，喃喃道：「春天真的已經過去了。」

紅娘子柔聲道：「現在雖已過去了，但很快就會再來的。」

林太平道：「不錯，春天無論去得多遠，都一定會回來的。」

王動道：「一定？」

林太平道：「一定！」

四十　同是天涯淪落人

一

雷雨。

雨點亂石般打在郭大路身上。

他終於醒了。

陋巷、低牆，他醒來才發覺自己睡在牆角的泥濘中，至於他是怎麼會睡在這裡的？已睡了多久？這連他自己都不知道。

他只記得昨夜先跟東城的兄弟們一起去踹西城老大的賭場，打得那裡雞飛狗跳，一塌糊塗。

然後東城的老大就特地爲他在小冬瓜的妓院裡大擺慶功宴，二三十個弟兄，輪流灌他的酒。

東城老大還當眾拍胸脯，表示只要他能把西城那一幫打垮，以後西城那邊的地盤就歸他，後來兩個人好像還磕頭，拜了把子。

再後面的事他就更記不清了，好像是小冬瓜的妹妹小蜜桃把他扶回去的，正在替他脫靴子，脫衣裳。

可是他忽然不肯去了，一定要走，要出去找燕七。

小蜜桃想拉他，反而挨了個耳刮子。

然後他就發現自己躺在這裡，中間那一大段，完全變成了空白。

嚴格說來，這半個多月的日子，究竟是怎麼過去，他也弄不清。

他本是出來找燕七的，但人海茫茫，又到哪裡去找呢？

所以他到了這裡後，就索性留了下來，每天狂賭亂醉。

有一天大醉後，和東城的老大衝突了起來，兩人不打不相識，這一打，竟成了朋友。

那時東城老大正被西城幫壓得透不過氣，郭大路就拍胸脯，保證爲他出氣。

所以他就跟東城的弟兄們混在一起了，每天喝酒、賭錢、打架、找樂子，每天都大叫大笑，日子好像過得開心極了。

但爲什麼每次大醉後，他都要一個人溜走，第二天醒來時，不是倒在路上，就是躺在陰溝裡？

一個人若要折磨別人，也許很難，但若要折磨自己，就很容易了。

他是不是在故意折磨自己？

好大的雨，雨點打在人身上，就好像石子一般。

郭大路掙扎著，勉強站起來，頭疼得彷彿隨時都會裂開來，舌頭上也像是長出了一層厚厚的青苔。

這種日子過得真的有意思嗎？

他不願想。

他什麼事都不願想，最好立刻有酒，再開始喝，最好每天都沒有清醒的時候。

仰起脖子，想接幾口雨水來喝，雨點雖然很多很密，能落到他嘴裡的，卻偏偏沒有多少。

世上豈非有很多事都是這樣子的？

你看著明明可以得到的，卻偏偏得不到。你憤怒、痛苦，用自己的頭去撞牆，把自己折磨得不成人形，卻還是一點用也沒有。

郭大路用力挺起了胸膛，胸膛裡，心口上，就像是有針在刺著。

明明不該想的事，爲什麼偏偏又要想呢？

霹靂一聲，閃電擊下。

他咬了咬牙，大步向前走，剛走了兩步，忽然看到前面一扇小門，「呀」的一聲開了。

一個緋衣垂髫的小丫頭，手裡撐著把花油傘，正站在門口，看著他盈盈的笑，笑起來兩個酒窩好深。

有個這麼甜的小姑娘，對著你笑，任何男人都免不了要上去搭訕搭訕的。

但郭大路現在卻沒有這種心情，他現在的心情，簡直比他的樣子還糟。

誰知這小姑娘卻迎了上來，甜甜的笑道：「我叫心心。」

她不等別人開口，第一句話就說出了自己的名字，這種事倒也少見得很。

郭大路看了她兩眼，慢慢的點了點頭，道：「心心，好，好名字。」

他不等話說完，又想走了。

誰知心心卻還是不肯放過他，又笑著道：「我認得你。」

郭大路這才覺得有點奇怪，轉過身停下來，道：「你認得我？」

心心眨著眼，道：「你是不是郭家的大少爺？」

郭大路更奇怪，忍不住問道：「你以前在哪裡見過我？」

心心道：「沒有。」

郭大路道：「那末你怎麼認得我的？」

心心嫣然，道：「你去問問我們家的小姐，就知道。」

郭大路道：「你們家的小姐是誰？」

心心道：「你看見她時，就知道了。」

郭大路道：「她在哪裡？」

心心抿嘴一笑，道：「你跟我來，就什麼事全知道了。」

她轉過身，走進了那扇小門，又回頭向郭大路招了招手：「來呀。」

郭大路什麼話都沒有說，大步走了進去，現在他的好奇心已被引起，你想不叫他進去，都很難了。

門裡是個小小的院子，一棚紫藤花在暴雨中看來，顯得怪可憐的。

屋簷下掛著三兩隻鳥籠，黃鶯兒正在籠子裡吱吱的吵著，好像正在怪牠們的主人太不體恤，為什麼還不把他帶入香閨裡。

心心走上迴廊，用一根白生生的小手指，輕輕在籠子上一彈，瞪眼道：「小鬼，吵死人了，今天小姐房裡有客人，你們再吵，她也不會睬你們的。」

她又回眸向郭大路一笑，嫣然道：「你看，我還沒進去，她們已在吃醋了。」

郭大路也只好笑了笑。

現在他心裡除了好奇之外，又多了種說不出是什麼滋味的感覺，彷彿有點甜酥酥的。

但這究竟是怎麼回事？他仍然如在十里霧中，連一點影子都摸不著。

「難道我忽然交上桃花運了麼？」

只不過，丫頭雖然俏，並不一定就表示小姐也很漂亮。

那位小姐若是母夜义，你說怎麼辦？

門上掛著湘妃竹的簾子，當然是天氣開始熱了之後，剛換上去的。

門裡悄無人聲。

心心掀起簾子，嫣然道：「你先請裡面坐，我去請小姐來。」

裡面是個精緻高雅的小客廳，地上還鋪著厚厚的波斯氈。

連郭大路都不由自主，先擦了擦腳底的泥，才能走得進去。

「像這種地方的主人，為什麼要請我這麼樣一個客人進來？」

那當然一定有目的。

什麼目的呢？

郭大路看了看自己，全身上上下下，連五錢銀子都不値。

他對自己笑了笑，索性找了張最舒服、最乾淨的椅子坐下來。

桌上有壺茶，還是新泡的。幾個小碟子裡，擺著很精美的花食。

郭大路替自己倒了碗茶，一邊喝茶，一邊吃杏脯，就好像是這地方的老客人似的，一點也不客氣。

然後，他就聽到一陣「叮叮噹噹」的環珮聲，心心終於扶著她們家的小姐進來了。

郭大路只抬頭看了一眼，眼睛就已發直。

郭先生並不是沒見過女人的毛頭小伙子，但像這樣的美人，倒還真是少見的很。

若不是這樣的美人，又怎配住這樣的地方？

郭大路嘴裡含著半片杏脯，既忘了吞下去，也忘了拿出來。

不知什麼時候，這位小姐也坐下來了，就坐在他對面；一張宜喜宜嗔的臉上，彷彿還帶著點紅暈，也不知是胭脂，還是害羞；一雙明如秋水般的眼波，正脈脈含情的看著他。

郭大路開始有點坐立不安了，想開口說話，一個不小心，卻將嘴裡含著的半片杏脯，噎在喉嚨裡。

心心忍不住「噗哧」一笑，一開始笑，就再也停不下來，捧著肚子，吃吃的笑個不停。

小姐瞪了他一眼，彷彿在怪她笑得不該，但自己也忍不住為之嚫然。

郭大路看著她們，突也大笑起來。

他笑的聲音反而比誰都大，你只有在聽到這笑聲的時候，才能感覺到他是真正的郭大路。

無論多麼嚴肅，多麼尷尬的場面，只要郭大路一笑，立刻就會輕鬆起來。

這位羞人答答的小姐，終於也開口說話了。

她的聲音就和她的人同樣溫柔，柔聲道：「這地方雖然不太好，但郭大爺既然已來了，就不要過於拘束……」

郭大路打斷了她的話，笑道：「你看我像是個拘束的人嗎？」

小姐嫣然道：「不像。」

心心也笑道：「茶是小姐剛託人從普洱捎來的，郭大爺多喝兩杯，也好醒醒酒。」

郭大路道：「茶的確不錯，你卻錯了。」

心心怔了怔，道：「我什麼地方錯了？」

郭大路道：「無論多好的茶，也不能醒酒。」

心心道：「要什麼才能醒酒？」

郭大路道：「酒。」

心心笑道：「再喝酒豈非更醉？」

郭大路道：「你又錯了，只有酒，才能解酒，這叫做還魂酒。」

心心眨眨眼道：「真的？」

郭大路道：「這法子是我積數十年經驗得來的，絕對錯不了。」

小姐也笑道：「既然如此，還不快去爲郭大爺斟酒。」

酒來了，是好酒。

菜當然也不錯。

郭大路開懷暢飲，真的好像已將這位小姐當做老朋友，一點也不客氣。

這位小姐居然也能喝兩杯，酒色染紅了她的雙頰，看來更艷光照人。

郭大路眼睛直勾勾的不住盯著她，連酒都似已忘記喝了。

小姐低下頭，輕輕道：「郭大爺再喝三杯，我陪一杯。」

三杯酒眨眼間就下了肚，郭大路忽然道：「我有幾件事要告訴你。」

小姐道：「請說。」

郭大路道：「第一，我不叫郭大爺，叫郭大路，我的朋友都叫我小郭。但現在已漸漸忽然變成老郭了。」

小姐嫣然道：「有些人永遠都不會老的。」

郭大路道：「也有些人永遠都不會變成大爺。」

他又喝了杯酒，才接著道：「我只不過是個窮光蛋，而且又髒又臭，你卻是位千金小姐，而且不認得我，為什麼要請我來喝酒？」

小姐眼波流動，道：「同是天涯淪落人，若是有緣，又何必認得。」

心心搶著道：「我們家小姐姓水，閨名叫柔青，現在你們總該已認得了吧。」

郭大路撫掌笑道：「水柔青，好名字，値得喝三大杯。」

水柔青垂首道：「多謝。」

郭大路一飲而盡，盯著她，過了很久，忽又道：「我的腸子是直的，無論有什麼話，那都是存不住的。」

水柔青嫣然道：「我看得出你是個豪氣如雲的大丈夫。」

郭大路道：「那末我問你，是不是有人欺負了你，你要我替你出氣？」

心心又搶著道：「我們家小姐足不出戶，怎麼會有人欺負她？」

郭大路道：「你是不是遇著了件很困難的事，要我替你去解決？」

心心道：「也沒有。」

郭大路緩緩地道：「我既然來了，又喝了你們的酒，無論什麼事，只要你們開口，我一定盡力去做。」

水柔青柔聲道：「只要你有這樣的心意，我也就心滿意足了。」

郭大路瞪著她，道：「你真的沒有什麼事求我？」

水柔青道：「真的沒有。」

郭大路道：「那末，你爲什麼對一個又髒又臭的窮光蛋這麼好？」

水柔青抬起頭，看著他，眼波如醉。

被她這樣子看著的人，能不醉的又有幾個？

心心看著郭大路，又看看她的小姐，忽然笑道：「有句話郭大爺不知道有沒有聽說過？」

郭大路道：「你說。」

心心道：「天子重英豪，美人喜歡的，也是真正的英雄。」

水柔青的臉更紅，嬌嗔輕啐道：「小鬼，再亂嚼舌，看我不撕你的嘴。」

心心笑道：「我也是直腸子，心裡有什麼話，也存不住。」

水柔青紅著臉站起來，真的像是要去擰她。

心心卻已吃吃的嬌笑著，一溜煙跑了出去，跑出去時還沒有忘記替他們關上門。

水柔青垂首站在那裡，又忍不住偷偷瞟了郭大路一眼。

郭大路還在盯著她。

她的臉已紅得像是秋夕的晚霞。

醉了。

此時此刻，此情此景，不醉的人也該醉了。

郭大路忽然握住了水柔青的手。

她的手冰冷，臉卻是火燙的。

郭大路正想拉她，還沒有拉她，她已「嚶嚀」一聲，倒入他懷裡。

窗外是盛夏，窗內卻是濃春。

春色濃得化也化不開。

有些人雖然素不相識，但只要一見面，就好像鐵遇見磁石一樣，立刻會緊緊黏住。

水柔青黏在郭大路身上，她的肌膚柔軟、光滑，如絲緞。

她的腰肢盈盈一握。

郭大路握著她的腰，忽然輕輕嘆息，喃喃道：「我不懂，真的不懂。」

水柔青輕輕道：「有些事本來就是沒法子解釋的，本來就沒有人懂。」

郭大路道：「你以前既沒有看見過我，也不知道我是個怎麼樣的人，為什麼這樣子對我？」

水柔青道：「我雖然沒看見過你，卻早已知道你是個怎麼樣的人了。」

郭大路道：「哦？」

水柔青的身子貼得更緊，緩緩道：「這些天來，城裡的人誰不知道自遠地來了個天不怕地不怕的好漢。」

郭大路苦笑道：「好漢？你知不知道好漢是什麼意思？」

水柔青道：「我聽你說。」

郭大路道：「『好漢』的意思，有時候就是流氓無賴。」

水柔青嫣然道：「我不知道，我只知道，好漢就是好漢。」

郭大路笑了，輕撫著她的腰肢，笑道：「你真是個奇怪的女人。」

水柔青道：「所以我才會喜歡像你這麼樣奇怪的男人。」

這句話沒說完，她的臉又紅了。

郭大路凝視著她，道：「我以前作夢也沒想到，會遇見你這樣的女人，更沒有想到會跟你這樣子在一起。」

水柔青的臉更紅，輕輕道：「只要你願意，我就永遠這樣子跟你在一起。」

郭大路又凝視了她很久，忽又輕輕嘆了口氣，翻了個身，張大了眼睛，瞪著屋頂。

水柔青道：「你在嘆氣？」

郭大路道：「沒有。」

水柔青道：「你在想心事？」

郭大路道：「沒有。」

水柔青也翻了個身，伏在他胸膛上，輕撫著他的臉，柔聲道：「我只問你，你願不願意永遠跟我這樣子在一起？」

郭大路沉默著，沉默了很久，才一字字道：「不願意。」

水柔青柔軟的身子，突然僵硬，嗄聲道：「你不願意？」

郭大路道：「不是不願意，是不能。」

水柔青道：「不能？爲什麼不能？」

郭大路慢慢的搖了搖頭。

水柔青道：「你搖頭是什麼意思，不喜歡我？」

郭大路嘆道：「像你這樣的女人，若有男人不喜歡你，那人一定有毛病，可是……」

水柔青道：「可是什麼？」

郭大路苦笑道：「可是我有毛病。」

水柔青看著他，美麗的眼睛裡充滿了驚訝之色。

郭大路道：「我是個男人，已有很久沒接近過女人；你是個非常美的女人，而且對我很好；這地方又如此溫柔，我們又喝了點酒；在這種情況下，我怎麼能不動心，所以……」

水柔青咬著嘴唇，道：「所以你要了我？」

郭大路嘆息著，道：「可是我們之間，並沒有什麼真的感情。我……我……」

水柔青道：「你怎麼樣？……難道你心裡在想著另一個人？」

郭大路點點頭。

水柔青道：「你跟她真的有感情？」

郭大路點點頭，忽又搖搖頭。

水柔青道：「到底是不是真的有感情？」

郭大路嘆道：「我也不知道那是種什麼樣的感情，我不知道。我看不見他的時候，時時刻刻都在想著他。你雖然又美、又溫柔，我雖然也很喜歡你，但在我心裡，無論誰也無法代替他。」

水柔青道：「所以你還是只有去找他？」

郭大路道：「非找到不可。」

水柔青道：「所以你要走？」

郭大路閉上眼睛，點了點頭。

水柔青看著他，眼睛裡並沒有埋怨，反而似也被感動。

過了很久，她才長長嘆息了一聲，幽幽的道：「世上若有個男人也像這樣子對我，我……我就算死，也甘心了。」

郭大路柔聲道：「你遲早一定也會找到這麼樣一個人的。」

水柔青搖搖頭，道：「永遠不會。」

郭大路道：「爲什麼？」

水柔青也沉默了很久，忽然道：「你是個很好的人，我從來也沒有見到你這樣的好人，所以我也願意對你說老實話。」

郭大路聽著。

水柔青道：「你知不知道我是個什麼樣的人？」

郭大路道：「你姓水，叫水柔青，是位千金小姐，而且溫柔美麗。」

水柔青道：「你錯了，我並不是什麼千金小姐，只不過是個……是個……」

她咬著嘴唇，突又長長嘆息，道：「我只不過是個妓女。」

「妓女！」

郭大路幾乎從床上直跳了起來，大聲叫道：「你不是。」

水柔青笑得很淒涼，道：「我是的。不但是，而且是這地方身價最高的名妓，不是一擲千金的王孫公子，就休想做我的入幕之賓。」

郭大路怔住，怔了半天，喃喃道：「但我並不是什麼王孫公子，而且身上連一金都沒有。」

水柔青忽然站起來，打開了妝台的抽屜，捧著了一把明珠，道：「你雖然沒有爲我一擲千金，但卻已有人爲你量珠買下了我。」

郭大路更吃驚，道：「是什麼人？」

水柔青道：「也許是你的朋友。」

郭大路道：「難道是東城的老大？」

水柔青淡淡道：「他還不配到我這裡來。」

郭大路道：「那麼是誰？」

水柔青道：「是個我從未見過的人。」

郭大路道：「什麼樣的人？」

水柔青道：「是個麻子。」

郭大路愕然道：「麻子？我的朋友裡連一個麻子都沒有。」

水柔青道：「但珍珠卻的確是他爲你付給我的。」

郭大路吃驚得連話都說不出了。

水柔青道：「他叫我好好的侍候你，無論你要什麼都給你。」

郭大路道：「所以你才……」

水柔青不讓他說下去，又道：「但他也算出來，你很可能不願留下來的。」

郭大路道：「哦？」

水柔青道：「等到你不願留下來的時候，他才要我告訴你一件事。」

郭大路道：「什麼事？」

水柔青道：「一件很奇怪的事。」

她慢慢的接著道：「幾個月以前，這裡忽然來了個很奇怪的客人，跟你一樣，穿得又髒又破，我本來想趕他出去的。」

郭大路道：「後來呢？」

水柔青道：「可是他一進來，就在桌上擺下了百兩黃金。」

郭大路道：「所以你就讓他留下來了？」

水柔青眼中露出一絲幽怨之色，淡淡地道：「我本來就是個做這種事的女人，只認金子不認人的。」

郭大路嘆道：「我明白，可是……可是你並不像這樣的女人。」

水柔青忽然扭過頭，彷彿不願讓郭大路看到她臉上的表情。

過了很久，她才慢慢的接著道：「世上本來就有很多富家小子，喜歡故意裝成這種樣子，來尋歡作樂，找別人開心，這並不奇怪。」

郭大路道：「奇怪的是什麼呢？」

水柔青道：「奇怪的是，他花了百兩黃金，卻連碰都沒有碰我，只不過在這裡洗了個澡，而且還穿了我一套衣服走了。」

郭大路道：「穿了你一套衣服？」

水柔青點點頭。郭大路道：「他究竟是男是女？」

水柔青道：「他來的時候，本是個男人，但穿上我的衣服後，簡直比我還好看。」

她苦笑著，接著道：「老實說，我雖然見過許許多多奇怪的人，有的人喜歡要我用鞭子抽他，用腳踩他，可是，像他這樣的人，我倒是從來沒有見過，到後來連我都分不清他究竟是男是女。」

郭大路又怔住，但眼睛卻已發出了光。

他似已隱隱猜出她說的人是誰了。

水柔青道：「這些話我直到現在才說出來，只因爲那麻子再三囑咐我，你若願意留下來，我就永遠不能把這件事告訴你。」

郭大路道：「你……你知不知道那奇怪的客人叫什麼名字？」

他似已緊張得連手都在發抖。

水柔青道：「她並沒有說出她的名字來，只告訴我，她姓燕，燕子的燕。」

郭大路突然跳起來，用力握著她的肩，嗄聲道：「你知不知道他現在在什麼地方？」

水柔青道：「不知道。」

郭大路倒退了兩步，似已連站都站不住了，「噗」的又坐到床上。

水柔青道：「可是她最近又來過一次。」

郭大路立刻又像中了箭一般跳起來，大聲道：「最近是什麼時候？」

水柔青道：「就在前十來天。」

她接著又道：「這次她來的時候，樣子看來好像有很多心事，在我這裡喝了很多酒，第二天就穿了我一套衣裳走了。」

郭大路更緊張，道：「你知不知道他走到什麼地方去了？」

水柔青道：「不知道。」

郭大路好像又要倒了下去。

幸好水柔青很快的接著又道：「但她喝醉了的時候，說了很多醉話，說她這次回去之後，就永遠不會再回來，我永遠再也不會見到她了。」

郭大路道：「你……你有沒有問過她，她的家在哪裡？」

水柔青笑了笑，道：「我本來是隨口問的，並沒有想到她會告訴我。」

郭大路眼睛裡充滿了迫切的期望，搶著道：「但她卻告訴了你？」

水柔青點點頭，道：「她說她的家在濟南府，還說那裡的大明湖春色之美，連西湖都比不上，叫我以後有機會時，一定要去逛逛。」

郭大路忽然又倒了下去，就像是跑了幾天幾夜的人，歷盡了千辛萬苦，終於到達了他的目的地。

他雖然倒了下去，但心裡卻是幸福愉快的。

水柔青看著他，目中充滿了憐惜，輕輕道：「你要找的，就是她？」

郭大路點點頭。

水柔青道：「她知不知道你對她如此癡情？」

郭大路點了點頭，又搖了搖頭——女人的心，有誰知道呢？

水柔青又輕輕的嘆息了一聲，幽幽道：「她爲什麼要走？若是我，你就算用鞭子趕我，我也不會走的。」

郭大路喃喃道：「她不是你……她也是個很奇怪的人，我始終都沒有瞭解過她。」

水柔青黯然道：「她不是我，所以她才會走；只有像我這樣的女人，才懂得世上絕沒有任何東西比真情更可貴。」

她嘆息著，又道：「一個女人若不懂得珍惜這一份真情，她一定會後悔終生。」

郭大路又沉默了很久，忽然問道：「你看她究竟是不是個女人？」

水柔青道：「難道你直到現在還不知道？」

郭大路仰面倒在床上，長長吐出口氣，喃喃道：「幸好現在我總算知道一件事了。」

水柔青道：「什麼事？」

郭大路微笑著，緩緩道：「我並沒有毛病……一點毛病都沒有，我只不過是個瞎子而已。」

黃昏。

夕陽照進窗戶，照在郭大路剛換的一套新衣服上，他似已完全變了個人，變得容光煥發，而且非常清醒。

水柔青看著他，咬著嘴唇，道：「你……你現在就要走？」

郭大路笑道：「老實說，我簡直恨不得長出兩隻翅膀來飛走。」

水柔青垂下頭，目中又露出種說不出的幽怨悽楚之色。

郭大路看著她，笑容也漸漸黯淡，目中也充滿憐惜，忍不住拍了拍她的肩，柔聲道：「你是個很好的女孩子，將來總有一天……」

水柔青凄然一笑，道：「將來總有一天，我也會找到一個像你這樣的男人的，是不是？」

郭大路勉強笑道：「答對了。」

水柔青也勉強笑了笑，道：「見到那位燕姑娘時，莫忘記替我向她問好。」

郭大路道：「我會的。」

水柔青道：「告訴她，以後若有機會，我一定會到大明湖去看你們。」

郭大路笑道：「說不定我們會先來看你。」

他雖然在笑著，但也不知爲了什麼，心裡總像是有點酸酸的。

他實在已不忍再留下去，實在不忍再看她的眼睛，忽然轉過頭，望著窗外的夕陽，喃喃道：「現在天還沒有黑，我還來得及趕段路。」

水柔青垂著頭，輕輕道：「不錯，你還是快走的好，她說不定也在等著你去找她。」

郭大路看著她，彷彿想說什麼，但終於什麼也沒有說。

他就這樣走了出去。

不走又能怎麼樣呢？還是走了的好——還是快走的好。

水柔青突然道：「等一等。」

郭大路慢慢的回過身，道：「你……」

水柔青沒有讓他說出這句話，自懷中取出了個淺紫色的繡花荷包，遞給他，柔聲道：「這個給你，請轉交給燕姑娘，就說……就說這是我送給你們的賀禮。」

郭大路道：「這是什麼？」

他接過，就已用不著再問。

他已可感覺到荷包裡的明珠的光滑圓潤。

水柔青已轉過身，看也不去看窗外的夕陽，淡淡道：「現在你可以走了。」

郭大路緊緊握著這荷包，她的心豈非也正如荷包中的明珠一樣，豈非也已被他握在手裡？

她沒有再回頭。

他也沒有再說話。

有些話，是根本就用不著說出來的。

同是天涯淪落人，相逢何必曾相識？

或許也只有在天涯淪落的人，才能瞭解這種心情，這種意境。

這種意境雖然淒涼，卻又是多麼美麗？

四一 村姑

一

遠山青綠，湖水湛藍。

青綠的遠山倒映在湛藍湖水裡，藍翠如綠，綠濃如藍。

郭大路沿著湖岸，慢慢的往前走，就像是個遊魂似的，既沒有目的，也不辨方向。

聽到了燕七的消息，他就恨不得肋生雙翅，飛到濟南府來，好像只要他一到了濟南府，立刻就可以找到燕七。

現在他已到了濟南府，才知道自己想得實在太天真了。

這兒鬼的濟南府可真不小，城裡至少有幾千幾百戶人家，幾千幾萬個人。

要到這麼大的地方，這麼多人之中來找燕七，還是好像想在大海裡撈針一樣。

他只有每天在這裡遊魂般逛來逛去，希望有一天運氣特別好，能撞上燕七。

可是連他自己也知道，這希望實在太渺茫，但無論多渺茫的希望，總比沒有希望好。

現在連湖岸旁有多少棵樹，他幾乎都能數得出來了。

前面的垂柳下，停泊著條賣蓮蓬鮮藕的小船，搖船的小姑娘也已跟他很熟，遠遠就向他嫣然而笑，笑容燦爛如陽光。

就只爲了這甜笑，郭大路就已不能不去買幾隻蓮蓬了。

蓮子的心是苦的，就像現在郭大路的心一樣。

別人兩分銀子只能買六隻蓮蓬，郭大路卻買到七八隻。

這戴著斗笠，赤著雙白足的小姑娘，彷彿對郭大路也很有意思，只要郭大路來，她總是額外多送兩隻，有時甚至還會偷偷塞上一節鮮藕。

若是在以前，郭大路說不定早已坐上她的船，把船盪到湖心，去親親她蘋果般的小臉，摸摸她嫩藕般的白足了。

但現在，郭大路實在沒有這種心情。

他的煩惱已經夠多的了。

他接著蓮蓬，就準備走了，誰知道這小姑娘卻又向他招了招手，悄悄地道：「你過來，我有話跟你說。」

郭大路實在不想再惹麻煩，卻又實在不忍拒絕這小姑娘的好意。

他在心裡嘆了口氣，準備作出一副大哥哥的樣子來，這小姑娘若是想約他幽會，他一定要好好教訓她一頓，告訴她，天下的男人都不是好東西。她幸好遇見了他，否則一定會上當的。

想到這裡，他覺得自己簡直是個聖人。

只可惜老天偏偏不給他個機會，讓他來作一兩次聖人。

他只用一隻腳踩上船頭，故意板起臉，道：「你有什麼話要跟我說？」

小姑娘眼睛裡發著光，悄悄道：「你是不是個化了裝出來私訪民情的大官？」

郭大路怔住了，怔了半晌，忍不住笑道：「我由頭到腳，有哪點像是大官的樣子？」

小姑娘道：「你不是？」

郭大路笑道：「非但不是，而且我一見到大官就會發抖的。」

小姑娘的神情更興奮，聲音更低，道：「那末你一定是個大強盜。」

郭大路苦笑，道：「也不是，我連做強盜都會蝕本的。」

小姑娘瞪著他，道：「你真的不是？」

郭大路道：「我爲什麼要騙你？」

小姑娘嘆了口氣，顯得失望極了，好像連話都懶得跟他再說。

原來她對郭大路有興趣，只不過以爲郭大路是個大盜。

大盜在少女們的心目中，有時的確比各種人都有吸引力。

郭大路現在才知道，這小姑娘並不是真的對他有意思。

他也用不著再擔心會惹上麻煩了，本來應該覺得很開心才是。

但也不知爲了什麼，他反而偏偏覺得有點失望，有些不甘心的問：「你從哪點看我像是大盜？」

小姑娘態度已冷淡了下來，道：「因為這兩天來，我總覺得有個人在後面盯你的梢。」

郭大路道：「哦，是個什麼樣的人？」

小姑娘道：「這人有時打扮成小販，有時打扮成乞丐，但無論他打扮成什麼樣子，都休想瞞過我。」

郭大路道：「為什麼？」

小姑娘露出很得意的樣子，道：「因為他的臉我一眼就能夠認出來。」

郭大路道：「他臉上是不是有什麼跟別人不同的地方？」

小姑娘點點頭，道：「他是個大麻子。」

郭大路幾乎忍不住要跳了起來，連血都似已流得快了很多。

小姑娘看著他，目中又露出期望之色，道：「他是不是來盯你梢的？你認不認得他？」

郭大路眨了眨眼，也故意壓低話聲，道：「我跟你說老實話，你可不許告訴別人。」

小姑娘立刻道：「我發誓不跟別人說，否則以後叫我也變成個大麻子。」

郭大路悄悄道：「好，我告訴你，那大麻子是個很有名的捕頭，的確是來盯我梢的。」

小姑娘又興奮了起來，道：「他……他為什麼要盯你的梢？」

郭大路聲音更低，道：「因為我的確是個大盜，別人都叫我『大盜滿天飛』，剛在京城裡做了七十八件巨案，才逃到這裡來避風頭。」

小姑娘興奮得全身都發起抖來，咬著嘴唇，道：「你……你是不是個採花盜？」

郭大路忍住笑，向她擠了擠眼睛，道：「你猜我是不是？」

小姑娘的臉，已燙得像是個剛烤透了的紅山芋，咬著鮮紅嘴唇道：「就算你是，我也不怕你，我……我……」

她的腿像是已有點發軟，連站都站不穩，幾乎一跤跌下水裡去。

郭大路大笑，伸手摸了摸她的臉，道：「你放心，我就算要來找你，也得再過兩三年，現在你只不過還是個小孩了。」

他大笑著揚長而去。

小姑娘看著他，發了半天怔，也不知是有意，還是無意，偷偷用手碰了碰自己的胸，臉上的紅霞已紅到耳朵根子。

郭大路心裡暗暗好笑，知道這小姑娘今天晚上一定是睡不著覺的了。

他這倒絕不是存心想害她。只不過是想爲這小姑娘平凡的一生，添些作料，加些色彩，讓她以後成了親，抱著孩子洗碗時，也會有段可以令自己心跳的回憶來想想。

世上又有幾個女孩子，能親眼看到個活生生的採花大盜呢？

四二　盯梢的麻子

風吹著垂柳，吹起了湖水中一陣漣漪。

郭大路還是慢慢的向前走，一面剝著蓮子，一面哼著小調。

走了不算很近的一段路，他才忽然回頭。

他立刻發現有個手裡捧著個破碗的乞丐，而且果然是個麻子。

他一回頭，這麻子立刻躲到樹後。

這麻子盯梢的技術並不高明，若不是郭大路這兩天總是心不在焉，胡思亂想，早就已經應該發現他了。

這麻子是不是水柔青說的那個麻子？

郭大路有意無意間轉回頭，朝這麻子走了過去，走得很慢。

他準備快走到時，再一下子跳過去，抓住他。

誰知道這麻子居然也有了警覺，立刻也往回頭的路走。

郭大路的腳步加快，他的腳步立刻也加快。

光天化日之下，在這麼多人的面前，若是施展起輕功，未免有點不像話。

郭大路只有放大腳，在後面追。

本來是他盯著郭大路的，現在反而變成郭大路在盯他的梢了。

船上的小姑娘，看著他們一前一後跑過去，滿臉都是吃驚之色。

她實在不懂，爲什麼捕頭不去抓強盜，強盜反而追捕頭。

對她說來，這世上無法解釋的事實在太多，所以她總是覺得很煩惱。

等她年紀漸漸大了，懂得的事漸漸多了，她才明白，還是以前什麼都不懂的時候活得快樂些。

初夏，正是遊湖的時候，湖岸上紅男綠女，遊人如織。

遊客多的地方，乞丐自然也特別多——出來玩的人，出手總是比較大方些，尤其是在身畔還帶著個如花美眷的時候。

所以人叢中東也有個乞丐，西也有個乞丐，這本是他們的旺季，連最懶的乞丐都出動了。

那麻子在人叢中鑽來鑽去，有好幾次郭大路都幾乎被他甩掉。

幸好郭大路的運氣不錯，每次到了緊要關頭，總是湊巧看到了他臉上的麻子。

相貌特別的人，本就不適於盯別人的梢。

到後來這麻子似也被追得急了，索性離開了湖區，向人少的地方走。似乎想將郭大路誘到荒僻無人處，好好修理一頓。

郭大路非但一點也不在乎，反而追得更起勁。

他本就想找個沒人的地方，抓住這麻子問個清楚，問問他是不是認得燕七，知不知道燕七的下落。

郭大路的確已從棍子那裡，學會了幾手要人說實話的本事。

他本來以爲很快就能追上這麻子的。

誰知這麻子非但走得很快，體力也很好，就好像永遠也不會累似的，居然愈來愈快。

郭大路反而覺得有點吃不消了，最近他過的那種日子，過一天就可以令人老一年。

他忍不住叫了出來，大聲道：「喂，你別跑，我並不是來找你麻煩的，只不過有幾句話想要問問你。」

這麻子本來沒有真的跑，聽到這句話，反而放開腳步飛奔了起來。

乞丐本就常常會被追得滿街亂跑的，無論是被人追，還是被狗追，別人看到都不會覺得奇怪。

但一個穿得整整齊齊的人，在街上追著個乞丐亂跑，好像就有點不像話了。

他知道已有人開始注意他，其中好像還有兩個眞的捕快。

他們本就是在附近巡邏的，這時已準備來攔住郭大路，問個究竟。

郭大路只要被人一攔，這麻子立刻就會跑得蹤影不見。

這是他唯一的線索，他絕不能輕易放過。

他眼珠子一轉，突然先發制人，指著前面跑的麻子大呼道：「這要飯的是個小偷，誰幫我抓住他，賞銀二十兩。」

最後的一句話，果然很有效，那兩個捕快不等他說完，已掉轉頭，去追那麻子。

還有些人也幫著在旁邊起鬨。

這麻子似已真的著了急，突然一縱身，從五六個人的頭上飛了過去，竄上了前面的房脊。

他輕功之高，居然是江湖中第一流的身手。

這一來連不想管閒事的人也起了鬨：

「看來這人不但是個小偷，還是個飛賊，千萬不能讓他溜了。」

起鬨的人雖多，但能上房去追的人，卻連一個也沒有。

那兩個捕快也只有在牆下看著乾著急。

輕功畢竟不是人人都學得會的，像麻子這樣的輕功，十萬個人裡面，最多也只有一兩個能比得上。

幸好郭大路就是其中的這一兩個。

他也已掠過人群，竄上了房子，嘴裡還在大喊大叫：「我是京城來的捕頭，專程來抓這飛賊的，但望各方的英雄好漢助我一臂之力。」

他也知道無論哪一路的英雄好漢，都不會來管這種莫名其妙的閒事。

他這樣大喊大叫，只不過想叫得這麻子心慌意亂而已。

因爲他實在沒把握能追上這麻子，輕功他雖然練得不錯，但實習的機會卻不多，無論技巧和經驗，好像都比這麻子差了一截。

這麻子果然像是被他叫得有點心虛了。光天化日之下，在別人的房簷上飛來躍去，這目標也的確太大。他終於又被逼得跳了下去。

下面是條並不算很寬的巷子，一共只不過有六七戶人家。

郭大路趕過來的時候，剛巧瞥見他人影一閃，閃入了巷口一家人的大門裡。

這家人的大門居然是開著的。

無論在多太平的年頭，終日開著大門的人家也並不多。

這家人想必和這麻子有關係，說不定這地方就是他自己的家。

郭大路不管三七二十一，立刻也跟著闖了進去。

院子裡沒有人，前面的客廳裡，卻有人正在笑著道：「難怪別人總是說，十個麻子九個怪，你果然真是妖怪。」

郭大路大喜，一個箭步竄了進去。

「這下子你總溜不掉了吧。」

誰知客廳裡卻連半個麻子都沒有，只有一男一女，好像是對夫妻，正在那裡打情罵俏，女的白白胖胖，長得很標緻，男的卻是面黃肌瘦，連腰都有點伸不直了。

男人若要了個太標緻的老婆，有時也不能算是好福氣。

他們看到外面突然有條大漢闖進來，顯然也吃了一驚。

丈夫的膽子好像比太太還小，嚇得幾乎跌倒在太太身上了，吃吃道：「你……你是誰？想來幹什麼？」

郭大路道：「來找人。」

丈夫道：「找……誰？」

郭大路道：「來找個麻子，你剛才所說的麻子在哪裡？」

太太一雙水靈靈的眼睛本就一直在瞟著他，忽然站起來，搶著道：「他剛才說的麻子就是我，你難道是來找我的？」

她鼻尖上果然有幾點淺白麻子。

郭大路怔住了。

這位太太還是用眼角瞟著他，似笑非笑的，又道：「你是不是慕名來找我的？只可惜你已來遲了，現在我已經嫁了人，不接客了。」

郭大路非但怔住，簡直已有點哭笑不得。

其實他早就該看出來，真正的良家婦女，哪有像她這樣子看男人的？

做丈夫的終於發威了，跳起來，大聲道：「你聽見了沒有？她現在已經是我老婆，誰也休想再動她的腦筋，你還不出去？」

郭大路只有苦笑，還是忍不住問道：「剛才沒有別的人進來過？」

太太又瞟了他一眼，笑道：「城裡就算還有你這樣的冒失鬼，也沒有你這麼大的膽子。誰敢到別人家裡來找別人的老婆？」

她居然認定他是個特地來找她的登徒子了。

做丈夫的火氣更大，指著郭大路的鼻子，大叫道：「你還不出去？還在這裡打什麼糊塗心思？小心我一拳打破你的頭。」

郭大路笑了。

這人的手看來簡直就像是個雞爪子，連蒼蠅都未必打得死，居然還想打人。

郭大路拍了拍他的肩，笑道：「你放心，沒有人會來搶你的老婆；但你自己的身體也不是偷來的，還是保重些好，無論做什麼事都用不著太賣力。」

他不讓這人再開口，就已轉過身，揚長而去。

其實他自己也知道這句話說得未免有點缺德，平時他絕不會說這種話的。

但一個人自己心裡惱火的時候，往往就想要別人也難受一下子。

他明明看到麻子進來的，怎麼會突然不見，難道一進門就鑽到地下去了？

這夫妻兩人，當然是早就跟那麻子串通好，唱雙簧給他看的。

他明明知道，卻偏偏沒法子揭穿，何況，青天白日的硬往人家屋子裡闖，也究竟是自己理虧。

若要他逼著別人，帶著他一間間屋子裡去搜查，他也做不出來。

何況那麻子當然早已乘機溜了，他就去找，也一定找不到的。

郭大路想來想去，愈想愈窩囊。

「若是換了王動，那麻子今天就休想能溜得掉。」

他決定先找個地方去大吃大喝一頓，安慰安慰自己，晚上再到這附近來查個水落石出。

他已決心在這裡泡上了，不找到那麻子，絕不善罷甘休。

太陽已經快下山了，現在開始喝酒，已不能算是太早。

城裡最大的飯館叫會賓樓，一鴨三吃，和活殺鯉魚是他們的招牌菜，從汾陽來的汾酒喝下去也蠻有勁頭。

郭大路找了張臨窗的桌子，叫了一桌子菜。

臨走的時候，東城老大著實送了他一筆盤纏，這些市井中的遊俠兒，有時的確比江湖豪傑還義氣，還夠朋友。

平時只要幾杯酒下肚，郭大路的心情立刻就會開朗起來。

但這兩天酒喝到嘴裡，卻好像是苦的，而且特別容易醉。

既然晚上還有事，他也不敢多喝，只有拚命吃菜。他的心情愈壞，吃的愈多。若是再找不到燕七，他說不定就會變得比這塡鴨還肥。

太陽下山後，飯館裡就漸漸開始上座了。各式各樣的人，川流不息的上樓來，其中還有獐頭鼠目的龜奴，帶著花枝招展的粉頭，來應客人叫的條子。

於是，旁邊用屏風隔起來的雅座裡，又響起了絲竹聲、歌曲聲、調笑聲、碰杯聲，夾雜著呼盧喝雉聲、猜拳行令聲，實在熱鬧極了。

但郭大路卻好像坐在另一個世界裡，這件事本來是他最感興趣的，但現在卻覺得一點意思都沒有。

沒有燕七在旁邊，就好像菜裡沒有鹽一樣，索然無味。

他嘆了口氣，慢慢的替自己斟了杯酒，忽然看到五六個很標緻的小姑娘，擁著個錦衣佩劍的大漢，嘻嘻哈哈的上了樓。

莫說是店裡的伙計，連郭大路都看出，這錦衣大漢是個揮金如土的豪客，手面必定不會小。

他也忍不住多瞧了一眼，這一眼瞧過，他手裡的酒壺都幾乎跌了下來。

這錦衣豪客竟然是個麻子，而且正是剛才在湖畔要飯的那麻子。下午還是個乞丐，晚上就變成了闊佬，這一變實在變得太厲害。

但無論他怎麼變，就算他變成了灰，郭大路還是一眼就認出了他來。

誰叫他臉上的麻子這麼多的？

郭大路只看了兩眼，就立刻扭過頭，去看窗子外的招牌。這次他決定先沉住氣，絕不再輕舉妄動。

現在他若走過去，一把揪住那麻子，問他為什麼要送珍珠給水柔青，問他知不知道燕七的下落，別人一定會認為他是個瘋子。那麻子當然也可以一問三不知，把什麼事都推得乾乾淨淨。

現在這麻子也進了雅座。

跟他一齊來的女客，顯然也不是良家婦女，還沒過多久，就在裡面唱了起來，又是「小寃家」，又是「親哥哥」的，簡直拿肉麻當有趣。

奇怪的事，世上偏偏就有很多男人，喜歡這種調調兒。

憑良心說，郭大路本來也蠻喜歡的，但現在卻聽得全身都起了雞皮疙瘩。

一個人是否因愛而改變，其關鍵並不在他是男是女，只看他愛得夠不夠真實，夠不夠深切。

酒樓上還熱鬧得很。

郭大路又叫了壺酒，添了樣菜，已準備長期作戰，那麻子就算要喝到天亮，他也會沉住氣等到天亮。

四三　龍王廟

誰知這厤子居然很快就出來了，已喝得醉醺醺的，扶著個十七八歲少女的肩，大聲問伙計，洗手的地方在哪裡。

原來他酒喝得太多，想找條出路。

郭大路沉住氣，看著他下了樓，等了半天，也沒看見他再上來。

「莫非他已發現了我在這裡，乘機借尿遁了？」

郭大路終於沉不住氣了，正準備追下去。

但就在這時，他眼角已瞥見了街對面有個人低著頭往前走，正是這厤子。

他果然溜了。

郭大路一著急，人已從窗子裡竄了出去。酒客中已有人大叫起來，還以爲這人想跳樓自殺。

那厤子也回頭瞟了一眼，身子一閃，忽然鑽進了對面一家糧食坊。

糧食坊的門口，堆著一口袋一口袋的麵，一筐子一筐子的米、小米、雜糧，還有流鼻涕的頑童正在門口踢毽子。

等郭大路趕過去的時候，那麻子又人影不見了。

店裡的伙計和掌櫃的，閒著沒事做，正倚著櫃台在下棋。

看他們悠悠閒閒的樣子，絕不像剛看到有人闖進去的樣子。

這兩人莫非也和那麻子串通好了，準備演齣雙簧給郭大路看？

但郭大路這次卻學乖了，根本就不進去問，卻躲在旁邊，招手將那個流鼻涕的小孩子叫了過來，摸出串銅錢，帶著笑道：「我問你的話，你若乖乖的回答，我就把這串錢給你買糖吃。」

這小孩一隻手拿著毽子，一隻手擦著鼻涕，眼睛卻已盯在這串錢上。

無論是大人也好，是小孩也好，看見錢不喜歡的，只怕還沒有幾個。

郭大路道：「你聽明白了嗎？只要你說實話，這串錢就是你的。」

這孩子立刻用力點頭，道：「我說的都是實話，爹爹告訴我，小孩子若是說謊，將來舌頭會爛掉的。」

郭大路拍了拍他的頭，笑道：「不錯，說實話的才是好孩子。這糧食坊是不是你家開的？」

孩子點點頭，道：「我們家有好多好多大白米，吃一百年都吃不完。」

郭大路道：「你們家裡是不是還有個麻子？」

孩子眨眨眼，好像覺得很奇怪，道：「你怎麼知道的？」

郭大路笑了，要騙出一個小孩子的老實話來，的確不太困難。

但大人騙小孩，畢竟也不是件很有面子的事。

所以他也覺得有點不好意思，先把一串錢塞到孩子手裡，才帶著笑道：「我從來沒有看見過麻子，你能不能帶我去看看？」

這孩子也笑了，道：「當然能，他剛才進去，馬上就會出來的。」

郭大路道：「他真的會出來？」

孩子點點頭，眼珠子一轉，忽又笑道：「現在他已經出來了。」

他一隻手緊緊抓著那串錢，卻拋開了手裡的毽子，去將剛走出糧食坊的麻子拉過來。

一個只有七八歲的小麻子。

郭大路又怔住，又有點哭笑不得。

那孩子卻笑得很開心，道：「他叫小三子，是我的弟弟，從小就是麻子，我們家只有這麼樣一個麻子。」

郭大路怔了半晌，掉頭就走。

只聽那孩子還在偷偷的笑著道：「小三子，若是每個人看你一眼，都給我一串錢，我們就發財了，你將來也不必愁娶不到漂亮的媳婦，只要有大把的錢，就算你是個麻子，也一樣有人搶著要嫁給你。」

郭大路又好氣又好笑，氣又氣不得，笑也笑不出。

他知道這孩子一定拿他當做個活瘟生、大笨牛。

他自己的想法也和這孩子差不了多少。

他一回頭，就看見會賓樓的伙計，正在皮笑肉不笑的盯著他，道：「客官剛才的賬，是三兩六分銀子，剩下的鴨架子還可以包起來帶回去。」

飯館伙計對一個喝完酒就跳樓走了的客人，當然不會有什麼好臉色的。

郭大路已經連火氣都沒有了，拿了錠銀子給他，忽又問道：「剛才那個派頭奇大的麻子，你認不認得？」

伙計接著銀子，掂了掂，立刻陪笑道：「那麻子小的雖不認得，但陪他來的那幾個粉頭，小的卻可以去替大爺叫來。」

郭大路道：「我要找的是那麻子，你以前難道沒見過？」

伙計搖了搖頭，顯然覺得很奇怪：「這人究竟有什麼毛病？花枝招展的小姑娘他不要，卻要找大麻子。」

郭大路懶得跟他多說了，他知道若是去問那些小姑娘，也一定問不出那麻子的底細來的。

這麻子倒真是個怪人。

他明明是在躲著郭大路，卻又偏偏總是在郭大路眼前出現，若說他不是故意的，天下又怎麼會有這麼巧的事？

這糧食坊和那夫妻兩個人，既然都跟他有很密切的關係，他在這城裡想必也已耽了很久。

但別的人卻好像都沒有見過他。

他無緣無故的爲郭大路送了價值千金的珍珠給水柔青，當然絕不會連一點企圖都沒有。

可是他的企圖究竟是什麼？爲什麼要做這些莫名其妙的事？

你就算打破郭大路的頭，他也想不出個道理來。

他幾乎已準備放棄這個人了。

誰知就在這時，剛才扶著麻子下樓的那小姑娘，突然扭著腰，從對面走了過來，而且還笑瞇瞇的看著郭大路，拋著媚眼。

那店伙看看她，又看看郭大路，悄悄扮了個鬼臉，溜了。

做這種事的人，很少有不識相、不知趣的。

這時那小姑娘已走到郭大路面前，甜笑著道：「這位想必就是郭家的大少爺了。」

郭大路點點頭，瞪著她道：「是不是那麻子告訴你的？」

這小姑娘也點點頭，嫣然道：「我叫梅蘭，是留春院裡的，以後還得請郭少爺多捧場。」

郭大路道：「你若能替我找到那麻子，我就天天去捧你的場。」

梅蘭眨眨眼，道：「真的？」

郭大路道：「說話不算數的是王八。」

梅蘭又笑了，笑得更甜，道：「我來找郭少爺，正是爲了那位麻大爺有話要我轉告。」

郭大路道：「什麼話？」

梅蘭道：「他說他今天晚上三更時，在大明湖東邊的龍王廟裡等你，他還說……還說……」

郭大路急著問道：「他還說什麼？」

梅蘭囁嚅著道：「他還說，你若是沒膽子，不敢去也沒關係。」

她忽又嫣然一笑，道：「現在郭少爺已經可以找到他了，郭少爺你說的話，也得算數呀——男人做了王八，那滋味可不是好受的。」

這打扮成小妖怪一樣的女孩子，終於又一扭一扭的走了。

臨走時還沒有忘記將留春院的地址告訴郭大路。

郭大路這才發現，自己又說錯話了——他爲什麼不能沉住氣等一等，等這小妖精先說出那麻子要她傳的話呢？

他爲什麼總是會莫名其妙的爲自己找來很多麻煩？

可是那麻子卻更莫名其妙。

他明明在躲著郭大路，卻又要約郭大路見面。

難道這也是個陰謀圈套？

難道他已在那龍王廟安排了埋伏，等著郭大路去自投羅網？

他雖然好像對郭大路的事情知道得很多，郭大路以前卻連這個人都沒見過，更絕不會有什麼恩怨。

他費了這麼多心機，花了這麼多本錢，目的究竟是什麼？

郭大路嘆了口氣，喃喃道：「十個痲子九個怪，看來這句話倒真的一點也不錯。」

龍王廟。

有水的地方，好像都有龍王廟。

龍王廟就像是土地廟一樣，已成了聾子的耳朵，只不過是一個地方的點綴，既沒有什麼香火，也沒有道士和尚。

這龍王廟也一樣。

郭大路是坐驢車來的。

因為他既不認得路，又想節省些體力，好來對付那痲子。

趕車的是個老人，白髮蒼蒼，還駝著背。

郭大路本來不想坐這輛車的，怎奈別的車把式晚上都不肯到龍王廟這種荒僻的地方來。

這條路的確不好走，又黑黝黝沒有燈光。

趕車的老頭子一路上都像在打瞌睡，到了這裡，忽然「的兜」一聲，勒住了驢子，回頭道：「一直往前走，就是龍王廟，你自己去吧。」

郭大路忍不住，問道：「你爲什麼不一直送我到門口？」

駝背老人忽然笑了笑，道：「因爲我這條老命還想再多活兩年。」

夜色清冷，他的笑看來竟有點陰森森的樣子。

郭大路皺皺眉道：「難道你送我到了那裡，就活不下去了？」

駝背老人笑得更詭秘，淡淡道：「今天晚上到那裡去的人只怕很難活著回來，我勸你還是不要去的好。」

郭大路道：「龍王廟人人都可以去的，爲什麼不能去？」

駝背老人陰惻惻笑道：「因爲今天晚上和別的日子不同。」

郭大路道：「有什麼不同？」

駝背老人忽然不說話了，眼睛卻直勾勾的瞪著郭大路背後的夜色，就好像忽然看見了鬼似的。

郭大路背脊也有點發毛了，也忍不住轉過頭去看。

夜靜無人，風吹著柳條，在黑暗中看來，的確有些像是一個個幽靈鬼影，在張牙舞爪。

但那最多也只不過有三分像而已，很少有人會被真的嚇倒的。

郭大路失笑道：「你只管放心送我去，你若死了，我……」

他語聲突然停頓。

因爲等他回過頭來時，那趕車的駝背老人竟已不見了。

遠方也是一片黑暗，非但看不見人，就算真的有鬼，也一樣看不見。

這駝背老人怎麼忽然不見了？難道已被黑暗中等著擇人而噬的惡鬼捉走？

一陣風吹過，郭大路竟也忍不住機伶伶打了個寒噤，喃喃地說道：「好，你不去，我就自己趕車去。」

一個人在黑暗無聲時，聽聽自己說話的聲音，也可以壯膽的。

他跳上前座，找著了馬鞭，揮鞭趕驢。

誰知這驢子四條腿就好像釘在地上一樣，死也不肯再往前走一步。

難道連這驢子也已嗅出了前面黑暗中，有什麼凶惡不祥的警兆？

在這種地方，這種時候，莫說惡鬼會吃人，人也會吃人的。

郭大路人地生疏，就算真的被人吃了，連訴冤的地方都沒有，連屍骨都找不著。

若是換了別人，應付這種情況，最好的法子就是趕快回頭走，找個地方喝兩杯熱酒，再找張舒服的床，先睡一覺再說。

只可惜郭大路偏偏也有點騾子脾氣，你若想要他往後退，他就偏要往前走。

就算前面真是龍潭虎穴，他也要闖一闖的。

「你既不肯走，我也有腿，我難道不能自己走？」

他索性跳下車，邁開了大步。

「龍王廟是不是真的就在前面呢？」

他還不知道，也看不見屋影。

前面空蕩蕩的，什麼都看不見，無論誰約會，都不會約在這種鬼地方的。

除非他有什麼見不得人的陰謀。

郭大路挺著胸，冷笑著，身後忽然響起了一種很奇怪的聲音，就好像是有人在長嘶。

他回過頭，才發現那只不過是驢子在叫——這頭驢子也像是見了鬼似的，不知何時已掉轉頭，飛也似的向來路奔了回去。

郭大路冷笑著，喃喃道：「我不是驢子，你嚇得了牠，卻嚇不到我。」

他回過頭，還是嚇了一跳。

前面的黑暗中，不知何時已多了一盞燈籠，一條人影。

燈籠居然是綠的，慘碧色的燈光，照在這個人的身上、腳上，卻照不到他的臉。

他頭上戴著頂又寬又大的斗笠，戴得很低，幾乎將整張臉都蓋住了。

但郭大路卻已看出他絕不是那麻子。

因爲這人只有一條腿——他左腿已齊膝而斷，裝著個木腳。

可是他來的時候，居然還是連一點聲音都沒有。

他遠遠的站在那裡，一隻手提著燈籠，另一隻手上，提著根黑黝黝的棍子，也不知是木頭削成的，還是鐵打的。

他雖然只有一隻腳，但站在那裡，卻是氣度沉凝，穩如泰山。

三更半夜時，四野無人處，突然看到這麼樣一個人出現在面前，無論誰都難免要吃一驚。

但郭大路非但很快就鎮定了下來，而且還微笑著向這人點了點頭。

只要別人還沒有傷害到他，他無論對什麼人都總是很友善。

這獨腳人居然也向他點了點頭。

郭大路道：「我姓郭，叫郭大路，大方的大，上路的路。」

獨腳人冷冷道：「我並未請教尊姓大名。」

郭大路笑道：「但我們能在這種地方碰到，總算是有緣。」

獨腳人道：「你怎知我是碰巧遇見你的？」

郭大路道：「你難道不是？」

獨腳人道：「不是。」

郭大路道：「難道你本就是特地來找我的？」

獨腳人道：「是。」

郭大路道：「找我幹什麼？」

獨腳人道：「要你回去。」

郭大路道：「回去？回到哪裡去？」

獨腳人道：「從哪裡來，就回到哪裡去。」

郭大路眨眨眼，道：「你是不是想不讓我到龍王廟去？」

獨腳人道：「是。」

郭大路道：「爲什麼？」

獨腳人道：「那是個不祥的地方，去的人必然有禍事。」

郭大路笑了，道：「多謝指教，只不過，我們素不相識，你又何必對我如此關心？」

獨腳人道：「你一定要去？」

郭大路道：「是。」

獨腳人道：「好，先擊倒我，再從我的身上跨過去吧。」

郭大路嘆了口氣，道：「原來你是特地來找我打架的。」

獨腳人再也不說什麼，突然一揮手，手裡的燈籠就冉冉的飛了出去，不偏不倚，剛好插在道旁的一根柳枝上。

郭大路失聲道：「好手法，就憑這一手，我就未必打得過你。」

獨腳人道：「你現在還來得及回去。」

郭大路又笑了，道：「就因爲我未必打得過你，所以才要打，若是我有必勝把握，打起來還有什麼勁？」

獨腳人慢慢的點了點頭，道：「好，有種，我從不殺有種的人，最多只砍斷他兩條腿。」

郭大路笑道：「我最多只砍斷你一條腿，因爲你只有一條腿。」

他本不是個尖酸刻薄的人，本不願說這種尖酸刻薄的話。

但現在他已發現，那麻子、駝子，和這獨腳人，都是早已串通好了的，而且已設下了圈套在等著他來上當。

現在他已快掉了下去，卻連這是個什麼樣的圈套都不知道。

這一戰敵暗我明，敵眾我寡，打得未免有失公平。

郭大路的機會實在不多，就算故意說幾句尖酸刻薄的話來激怒對方，也是値得原諒的。

至少他自已已原諒了自己。

獨腳人果然已動了火氣，厲喝一聲，手裡的短杖帶著勁風，向郭大路橫掃了過來。

短杖最多才三四尺長，他距離郭大路，至少還有兩三丈。

可是他的手一揮，短杖就已到了郭大路面前。

這一杖來得好快。

郭大路手無寸鐵，根本就沒法子招架抵擋，只有閃避。

但這獨腳人招式連綿，一招比一招急，一招比一招快，郭大路雖然看不出他杖法的路數，但也知道這套杖法必定大有來歷。

江湖高手中，用短杖的一向只有兩種人，一種是乞丐，一種是和尚。

乞丐大多屬於丐幫，也就是俗稱的窮家幫，他們用的短杖，通常叫做打狗棒，這名字據說是昔日一位姓查的幫主起的，但真的來源究竟出自何處，誰也沒有認真去考據過。

所以他們用的杖法，就叫做「打狗棒法」，精巧變化，詭異繁複，真正能夠將這套棒法學會的人，一向不多。

這獨腳人用的招式，卻是剛烈威猛，銳不可當，其間的變化倒並沒有什麼精妙之處。

郭大路在江湖中雖然嫩得很，打狗棒法總是聽人說過的。

他也已看出這獨腳人用的絕不是打狗棒法，就不會是丐幫的人。

郭大路眼珠子一轉，忽然笑道：「我知道你是什麼人了，你瞞不過我的。」

獨腳的短杖突然慢了下來，全身的肌肉似乎都已有些僵硬。

他聽了這句話，為什麼會如此吃驚？

難道他本身有什麼不可告人的秘密，生怕被人看破了行藏？

獨腳人的出手一慢，郭大路就快起來了。

他雙拳如風，已搶攻入獨腳人的空門中，獨腳人的杖法就更施展不開。

高手相爭，有時正如名家對奕一樣，只要有一著之錯，就可能滿盤皆輸。

突然間，郭大路連攻三拳，擊向獨腳人的胸腹，但等到獨腳人用招封架時，他招式突又改變，一揚手，打落了獨腳人頭上的斗笠。

他若想打到獨腳人的頭，當然辦不到。

但這斗笠又寬又大，何況，任何人打架時，都只會想著保護自己的頭，又有誰對頭上的斗笠放在心上。

斗笠一落下，就露出獨腳人一張慘白的臉，和一個光禿禿的頭顱，頭頂上還有九顆受戒的香疤。

郭大路凌空一個跟斗，倒退出七尺，大聲道：「我猜得不錯，你果然是個和尚。」

獨腳人臉色變得更慘，突然跺了跺腳，短杖脫手飛出，打落了柳枝上的燈籠。

四下立刻又恢復一片黑暗。

獨腳人的人影一閃，已消失在黑暗中。

郭大路反而有點奇怪了：「做和尚又不是什麼見不得人的事，就算被人看出了，也沒什麼了不起，他爲什麼偏偏要如此驚慌，甚至比被人認出他是個通緝的逃犯還緊張？」

郭大路實在想不通。

但現在他自己的麻煩已經夠多，哪裡還有工夫去想別人的事。

前面既然已沒有人擋路，他就繼續往前走。

走著走著，忽然看到前面有地方，奇蹟般亮起了一片燈光。

燈光明亮，照出了一棟小小的廟宇。

龍王廟終於到了。

龍王廟雖然到了，但卻是誰在廟裡點起燈來的呢？

他爲什麼要忽然在廟裡點起這麼多盞燈？

駝背老人、獨腳和尚，再加上那麻子，這三個人不但做的事詭秘離奇，來歷也神秘難測。

看他們的武功行徑，當然一定是江湖中一等一的高手。

但卻偏偏沒有人聽說過他們，他們本身也好像根本就沒有名姓。

廟裡竟燃著七盞燈，但卻沒有一個人。

這人既然點起了燈，既然要郭大路找到這裡來，他自己爲什麼又走了呢？

郭大路東張張，西望望，就好像是個遊客似的，輕鬆極了。

其實他心裡又何嘗不緊張？

那麻子這麼樣做，當然不會是跟他鬧著玩。

誰也不會費這麼多心機，花這麼大本錢，專跟一個人開玩笑。

現在郭大路只等著他暴露出自己的身分，說出自己的目的來。

那一刻必定很兇險，很可怕。

說不定那就是決定郭大路生存死亡的一剎那間。

等待本就是件很痛苦的事，何況他根本就不知道自己在等的是什麼。

郭大路剛嘆了口氣，神案上的一盞燈突然滅了。

這裡並沒有風，一盞燃得正好的燈，怎麼會無緣無故熄滅？

郭大路皺了皺眉，走過去仔細看了半天，才發現這盞燈突然熄滅，只不過是因爲燈裡的油已枯了。

燈雖是自己熄的，但神案下卻好像有樣東西在不停的動，不停的抖。

郭大路立刻後退三步，沉聲道：「什麼人？」

沒有回應，但神案下的那樣東西，卻抖得更厲害。抖得覆案的神幔都起了一陣陣波紋。

郭大路突然衝過去，一把掀起了神幔。

他自己也怔住。

在如此深夜，如此荒僻的地方——

在這陰森詭秘的龍王廟裡，陳舊殘破的神案下，竟有個十六七歲，美如春花的小姑娘。

爲了要到這裡來，郭大路也不知遇著多少奇奇怪怪的人、奇奇怪怪的事，甚至幾乎可以說是冒了生命的危險。

這神案下藏著的，無論是多兇險的埋伏，多可怕的敵人，他都不會覺得奇怪。

可是他做夢也想不到，他遇見的竟只不過是這麼樣一個小姑娘。

她看來是那麼嬌小，那麼可憐，身上穿的衣服，又單薄得很。

她全身抖個不停，也不知道是因爲冷，還是因爲害怕。

看見郭大路，她抖得更厲害，雙手抱住了胸，全身都縮成了一團，美麗的眼睛裡充滿了驚懼和乞憐之意，好容易才斷斷續續的說出了幾個字：「求求你，饒了我吧……」

郭大路卻還是怔在那裡，也過了很久，才能說得出話來。

「你是什麼人，怎麼會到這種地方來的？」

小姑娘嘴唇發白，顫聲說道：「求求你……饒了我吧……」

她顯然已被嚇得連魂都飛了，除了這兩句話之外，已不會說別的。

郭大路嘆了口氣，道：「你用不著求我，我可不是來害你的。」

小姑娘瞪著他，過了很久，才漸漸回過神來，道：「你……你難道不是那個人？」

郭大路道：「那個什麼人？」

小姑娘道：「把我綁到這裡來的人。」

郭大路苦笑道：「當然不是。你難道連綁你到這裡來的人是誰都不知道？」

小姑娘咬著嘴唇，道：「我……我根本就沒有看見他。」

郭大路道：「那末你是怎麼來的呢？」

小姑娘眼圈已紅了，好像隨時可能哭出來。

郭大路趕緊道：「我早就說過，我絕不傷害你，所以，現在你已用不著害怕，有話慢慢說也沒關係。」

他不安慰她反而好，這麼樣一安慰她，這小姑娘反倒掩住臉，失聲痛哭了起來。

郭大路又不知該如何是好了。

要叫一個十六七歲的小姑娘大哭一場，無論什麼樣的男人都可以做得到。

但要叫她不哭，就得要有經驗很豐富的男人才行了。

在這方面，郭大路的經驗並不豐富。

所以他只有在旁邊看著。

也不知過了多久，這姑娘才總算抽抽泣泣的停住了哭聲。

郭大路這才鬆了口氣，柔聲道：「難道你連自己是怎麼來的都不知道？」

小姑娘還是用手蒙著臉，道：「我本來已睡著了，後來突然醒來時，已經在這地方。」

郭大路道：「你醒過來的時候，這裡難道沒有別的人？」

小姑娘道：「非但沒有人，而且連一點點燈光都沒有。」

郭大路道：「這些燈難道是你點起來的。」

小姑娘道：「這裡又黑又冷，我實在怕得要命，幸好總算在桌上摸到了塊火石……」

神案的燈旁邊，果然有副火石火刀。

郭大路道：「所以你就將這裡的燈全都點著了？」

小姑娘點點頭。

郭大路總算明白了一件事情，但卻又忍不住問道：「剛才這裡既然沒有人，你爲什麼不乘機逃走呢？」

小姑娘道：「我本來是想逃走的，可是一出了門，外面更黑更冷，我……我連一步都不敢往外走了。」

直到現在，她身子還在輕輕的發抖，但說話總算已清楚了些。

一個足不出戶的閨女，醒來時忽然發現自己在破廟裡，居然還沒有嚇得發瘋，已經是奇蹟了。

郭大路看著她，目中充滿了憐惜之意。

她的手雖然還是蒙著臉，卻也已在指縫裡偷偷的看著郭大路。

郭大路看來的確不像是個壞人的樣子——非但不像，也的確不是。

他本來想扶她從桌子下站起來的，但剛伸出手，又立刻縮了回去。

她模樣雖然長得嬌弱，但卻已發育得很成熟。

她身上穿的衣服單薄得可憐。

她的手既已在蒙住臉，就不能再去掩住別的地方。

燈光還是很明亮。

郭大路非但不敢伸出手，連看都不敢再看了。

就在這時，另一盞燈也熄滅。

第三盞燈熄得更快，這些燈裡的油，彷彿本就已全都將燃盡。

忽然間，七盞燈全都滅了。

那小姑娘「嚶嚀」一聲，已驚呼著撲入了郭大路的懷裡。

黑暗中，郭大路驟然間軟玉溫香抱了個滿懷，心跳立刻就加快了兩倍。

他立刻警告自己：「你是人，不是畜牲，你千萬不可乘人之危，千萬不能做這種事。」

「非但不能做，連想都不想，否則你非但對不起自己的良心，也對不起燕七。」

他心裡在警戒自己，一心想要控制自己，可是一個人身上有很多地方，都是不受自己控制的。

第一個地方，就是他的鼻子。

處女的幽香、髮澤間的甜香，一陣陣隨著呼吸，鑽入他的心。

再加上懷抱間那種溫暖柔軟的感覺。

再加上這要命的黑暗。

不欺暗室，這句話說來雖簡單，只有體驗過這種情況的人，才能知道那是多麼不容易。

郭大路不是聖人，也不是神，若說他在此時此刻，還能不分心，那就是騙人的。

可是卻有一股更強大的力量，使得他居然能控制住自己。

這力量既不是禮教，也不是別的，而是他對燕七那種深摯純厚的感情。

他並沒有推開這小姑娘。

他不忍。

這小姑娘蜷伏在他懷裡，就像是一隻受了無數折磨和驚嚇的小鴿子，終在滿天風雨中，找到一個可以安全棲息的地方。

郭大路輕輕攬住她的肩，柔聲道：「你用不著害怕，我送你回去。」

小姑娘道：「真的？」

郭大路道：「當然是真的，而且現在就可以送你回去。」

小姑娘道：「可是……你三更半夜到這裡來，一定有很重要的事，你怎麼能放下自己的事，送我回去呢？」

郭大路暗中嘆了口氣。

他能到達這地方，實在不容易，要他就這樣一走了之，他實在不甘心。

那麻子說不定隨時會來的，他說不定隨時都能得到燕七的消息。

但現在他已無選擇的餘地。

一個男子漢活在世上，非但要「有所不爲」，還得要「有所必爲」，這期間的選擇當然很難，那非但要有勇氣，還得要有仁心。

他又拍了拍這小姑娘的肩，道：「現在天已經快亮了，你父母若發現你失蹤，一定會很著急；別的人若知道你一夜沒回去，更不知會有多少閒話；現在你年紀還小，也許還不知道閒話有多麼可怕，可是我知道。」

那些閒話有時非但可以毀掉一個人的名譽，甚至會毀掉她的一生。

想到這裡，郭大路更下定決心，斷然道：「所以我現在非送你回去不可。」

小姑娘忽然緊緊抱住了他，過了很久，才柔聲道：「你真是個好人，我從來也沒有見過你這麼好的人。」

「我的家就在前面那條巷子裡，右邊的第三家，前面種著棵柳樹的那扇門。巷子裡很安靜。

東方剛剛現出曙色，照著青石板上的露水。

郭大路輕輕道：「他們一定還沒有發現你失蹤，你能不能溜得進去，不讓他們知道？」

小姑娘點點頭，道：「我可以從後門進去，我住的屋子就在那邊。」

郭大路道：「你最好換間屋子睡，最好找個年紀大的老媽子陪你。」

他想了想，補充著道：「這兩天晚上，我會隨時在這附近來看看的，說不定我還可以替你查出來，誰是那綁走你的人。」

東方的曙色，照著他的臉，照著他臉上的汗珠，就彷彿露珠般晶瑩明亮。

他臉上也彷彿在發著光。

小姑娘仰著臉，凝視著他，忽然道：「你爲什麼不問問我叫什麼名字？難道你永遠不想再來看我了嗎？」

郭大路勉強笑了笑，柔聲道：「我是個浪子，又是個很隨便的人，若是跟你來往，也一定會有別人在背地說閒話的。」

小姑娘道：「我不怕。」

郭大路道：「可是我怕。」

小姑娘眨著眼，道：「你怕什麼？」

郭大路沒有回答，又拍了拍她的肩，道：「以後你就會知道我怕的是什麼了，現在你趕緊乖乖的回房去，好好睡一覺，最好能將這件事完全忘掉。」

小姑娘垂下頭，過了很久，才輕輕道：「你走出這條巷子，最好向右轉。」

郭大路道：「爲什麼？」

小姑娘也沒有回答他這句話，忽然抬起頭，嫣然一笑，道：「你真是個好人，好人是永遠不會寂寞的。」

晨霧已升起。

初夏的清晨，風中還帶著些寒意。

但郭大路心裡卻是溫暖的。

因爲他知道自己並沒有虧負別人，沒有虧負那些對他好的朋友，也沒有虧負自己。

無論誰能做到這一點，都已很不容易。

他仰起頭，伸了個懶腰，長長吐出口氣。

「這一天真長。」

在這一天裡發生的事，幾乎每一件都是完全出乎他意料之外的。

那個神秘的痲子、那個突然在黑色中消失的駝背老人、那個武功極高，來歷詭秘的獨腳和尙、還有這可憐又可愛的小姑娘。

這些人的出現，也全都出乎他意外。

他也遭遇了很多危險，受了很多氣，還是連一點燕七的消息也沒有得到。

可是他已有了收穫。

他做的事雖然並不希望別人報答，但卻已使自己心裡溫暖愉快。

好人永不會寂寞，行善的人也是有福的。

「你出了這條巷子，最好向右轉。」

郭大路並不知道這是爲了什麼，但他卻還是向右面轉了過去。

他立刻發現一件很奇怪的事。

四四 秘屋奇人

一

凌晨。

晨霧剛剛從鵝卵石鋪成的道路上升起，路很窄。

郭大路轉過右邊這條巷子，就看到一扇很熟悉的門戶。

那意思就是說，他曾到這扇門裡去過。

可是在這城市裡，他幾乎連一個熟人都沒有，更沒有一戶熟悉的人家。

他立刻就想起，這扇門就是白天他追蹤那麻子時，曾經闖進去過的那扇門。

現在裡面已沒有燈光。

那面黃肌瘦的丈夫，是不是又正在做那些使他面黃肌瘦的事？

郭大路本來就想晚上到這裡來搜查的，看看那麻子會不會在這裡出現。

但現在他卻已改變主意。

他再往前走，又向右轉。

這條巷子的路上，鋪著很整齊的青石板，看來遠比別的巷子乾淨整齊。

現在已是凌晨，巷子裡居然還有幾盞燈是亮著的。

他看到其中兩盞燈籠上的字，眼睛立刻亮了起來。

「留香院。」

那位梅蘭姑娘的香巢，原來就在這條巷子裡。

只可惜現在已不是尋芳的時候，梅蘭姑娘的玉臂，說不定已成了別人的枕頭。

郭大路縱然是個登徒子，現在也不能去煞別人的風景。

可是他心裡，卻似已有了種很特殊的感覺，就彷彿詩人在覓得一句佳句前的那種感覺一樣。

他走得更快，再向右轉。

這裡已是大街，他沿著街走了十幾步，就看到了那間糧食坊，也看到了斜對面會賓樓的金字招牌。

街道旁有幾個石墩子，郭大路在上面坐了下來，沉思著。

小姑娘住的那排房子，假如是第一排。

那夫婦住的房子就是第二排。

留香院的那排房子，算是第三排。

糧食坊這排屋子，當然就是第四排。

這四排屋子裡，都有一戶人家，和那麻子是有關係的。

——若不是那麻子要他到龍王廟去，他怎會遇見那小姑娘？

——這究竟是巧合？還是故意的安排？

——那小姑娘爲什麼要他走出巷子後，最好向右轉呢？

——是不是因爲她知道某些秘密，卻不便說出來，所以才如此暗示他？

——她知道的秘密是什麼？

——她是不是故意躲在那神案下，故意要郭大路發現的？

——這一切難道都是那麻子早就安排好的？

——他這麼樣做，究竟是什麼用意？

郭大路站起來，又沿著原來的路，重走了一次。

這四排房子，正是個不等邊的四角形。

無論什麼城市的街道，前面的一排房子，必定是緊貼著後面一排房子的。

但第一排房子和第三排房子之間，卻有段很寬的距離。

第二排房子和第四排也一樣。

所以這四排房子的中間，想必一定有塊空地。

郭大路的心突然跳了起來。

「這四排屋子故意建築成這樣子，是不是有某種特殊的原因？」

要找出這答案來，只有一種法子。

郭大路縱身掠上了糧食坊的屋脊。

糧食坊前面一棟房子，是櫃台門面，後面還有個院子。

院子兩旁的廂房，好像是住人的，後面的一棟，就是堆糧食的倉房。

再後面就應該沒有別的屋子了。

郭大路現在已到了後面一棟堆糧食的倉房屋脊上，立刻看到這四排房屋中間，果然還有一棟屋子。

這四排房屋就像是四面牆，將這棟屋子圍在中間，所以這棟屋子既沒有出路，也沒有大門。

天下哪有人將屋子蓋在這種地方的？

掠過這棟屋子的屋脊，就是那對夫婦住的地方，也就是第二排屋子。

若是不特別留意，無論誰都會以爲這棟屋子也和別的屋子連一起的，就算有夜行人從屋脊上經過，也絕不會發現這棟房子的奇怪之處。

但現在郭大路已發現了。

——這屋子的主人，莫非就是那麻子？

——他將屋子建築在這種地方，當然費了很大的力，花了很大的代價，爲的是什麼呢？

——莫非他也和那獨腳和尚一樣，有什麼不可告人的隱私？抑或是爲了逃避個極厲害的仇家追蹤，所以才要建築這麼樣一棟房子躲起來？

——這房子的確比郭大路所看過的任何地方都隱秘，可是他爲什麼又要在有意無意間，讓郭大路發現這秘密呢？

——若是他自己沒有露出線索，郭大路是絕對找不到這地方的。

郭大路想來想去，愈想愈覺得這件事不但詭秘已極，而且複雜已極。

要找出這些問題的答案，也只有一種法子。

他跳了下去。

糧食坊的倉房，在這棟房子之間，還有道牆，牆內是條長而狹的花圃。

現在春花還未凋，在晨霧中散發著清香。

再過去就是條長廊，晨曦正照在洗得一塵不染的地板上。

四下靜悄悄的，聽不到一點聲音。

連風都吹不到這裡。

紅塵間所有的一切煩惱、恩怨、悲歡，也都已完全被隔絕。

只有一個已歷盡滄桑、看透世情、已完全心如止水的人，才能住在這裡，才配住在這裡。

那麻子並不像是個這麼樣的人，難道是郭大路看錯了？想錯了？

他幾乎忍不住要退了回去。

但就在這時，他看到一個人從長廊盡頭處，悄悄的走出來。

一個春花般美麗的少女，穿著件雪白的袍子，不施脂粉，足上只穿著雙白襪，沒有著鞋，彷彿生怕腳步聲會踩碎這令人忘俗的幽靜。

她手裡捧著個雨過天青的瓷皿，靜悄悄的走過長廊。

若不是她忽然回過頭，瞟了郭大路一眼，郭大路幾乎已認不出她了。

這文靜樸素的少女，赫然竟是白天打扮得像妖怪一樣的梅蘭姑娘。

她回頭看了一眼，明明看見了郭大路，但卻又像是什麼都沒有看見，又垂下頭，靜悄悄的往前走。

郭大路卻已幾乎忍不住要叫了出來。

但就連郭大路，也不敢在這種地方叫出聲來，不忍擾亂這裡的幽靜。

他只有怔在那裡，看著。

梅蘭已悄悄的推開一扇門，悄悄的走了進去。

屋子裡還是沒有聲音，沒有動靜。

這裡明明是不容外人侵入的禁地，郭大路明明就站在這裡，卻偏偏沒有人理睬，就好像根本沒有他這麼樣一個人存在。

這屋子裡住的究竟是什麼人？他們對他究竟是什麼意思？

郭大路怔了半天，忽然大步走過去，大步跨上了長廊。

屋裡的無論是人是鬼，他好歹都得去看看。

可是他一腳剛跨上去，卻又縮了回來。

他看到了自己腳上的泥。

這長廊亮得就像是一面鏡子，就用這雙泥腳踩上去，連他都有些不忍，又有點不好意思。

他脫下腳上的泥鞋，襪子總算還乾淨，雖然還有點臭氣，也顧不了那麼多了。

於是他走過去，推開了那扇門。

屋子裡居然是空的，什麼都沒有，沒有床，沒有桌椅，沒有一點擺設，也沒有一點灰塵。

地上鋪著很厚的草席，草席上鋪著一套雪白的被褥，一個人躺在被褥裡。

屋裡充滿了藥香，這人顯然得了重病。

郭大路並沒有看見他的臉，因爲正有個長髮披肩的白衣少女，正跪在他旁邊，慢慢的餵著他喝梅蘭送來的那碗藥。

郭大路也看不見這少女的臉，因爲她也是背對著他的。

只有梅蘭的臉向著他，而且明明看見他推開了門，但臉上卻偏偏還是連一點表情也沒有，就好像根本沒有將他當做活人。

郭大路簡直恨不得立刻衝過去，揪住她的頭髮，問問她眼睛是不是長在頭頂上的？

但這屋子裡實在太靜，已靜得好像個神殿似的，令人覺得有種不可冒瀆的神聖莊嚴。

郭大路幾乎又忍不住想退回去了。

他要找的人並不在這裡，何況，這種氣氛本就是他最受不了的。

誰知就在這時，那長髮披肩的白衣少女，忽然沉聲道：「快進來，關上門，別讓風吹進來。」

聽她說話的口氣，就好像早就知道郭大路會來，又好像將郭大路當做自己家裡的人一樣。

郭大路連心跳都已幾乎停止。

這明明是燕七的聲音。

難道這長髮披肩的白衣少女就是燕七？

門已關上了。

郭大路木頭人般站在那裡，瞪大了眼睛，看著這白衣少女。

他只能看到她的背影。

她的背影瘦削苗條，烏黑的長髮，雲水般披散在雙肩。

郭大路雙手緊握，嘴裡發乾，心卻又跳得像是要跳出了嗓子眼來。

他真想衝過去，扳住她的肩，讓她回過臉來。

誰也想不到他有多渴望想看看她的臉。

可是他卻只能像木頭人一樣站著。

因爲他不敢，不敢冒瀆了這莊嚴神聖的地方，更不敢冒瀆了她。

病人終於喝完了碗裡的藥，躺了下去。

郭大路總算看到了他的滿頭白髮，卻還是沒有看見他的臉。

她跪在旁邊，輕輕放下了碗，爲他拉起了棉被，顯得又親切、又敬愛、又體貼。

郭大路若不是看到了他的滿頭白髮，簡直已忍不住要打破醋罈子了。

這老人究竟是誰？她爲什麼要對他如此體貼？

只聽他輕輕的咳嗽著，過了半晌，忽然道：「是不是他已經來了？」

白衣少女點點頭。

這老人道：「叫他過來。」

他的聲音雖然蒼老衰弱，但還是帶著種說不出的懾人之力。

白衣少女終於慢慢的回過頭。

郭大路終於看到了她的臉。

在這一刹那間，宇宙間的萬事萬物，似都已突然毀滅停頓。

在這一刹那間，宇宙間彷彿只剩下他們兩個人，兩雙眼睛。

「燕七……燕七……」

郭大路在心裡呼喚，熱淚似已將奪眶而出。

他的呼喚沒有聲音，但她卻似能聽得見，也只有她才能聽得見。

她眼睛裡也已珠淚滿盈。

歷盡了千辛萬苦，歷盡了千萬重折磨，千萬重考驗，他總算又見到了她。

那你怎麼要他不流淚？你怎知他這眼淚是辛酸？還是歡喜？

可是他終於將眼淚忍住。除了她之外，他不願任何人看到他流淚。

但他卻無法忍耐住不去看她的臉。

這已不是昔日那帶著三分佯嗔、又帶著三分調皮的臉。

現在這張臉上剩下的已只有真情。

這也不是昔日那雖然很髒、卻充滿了健康歡愉之色的臉。

現在這張臉，是蒼白的、憔悴的，美得令人的心都碎了。

顯然她也經歷過無數折磨，無數痛苦。

唯一沒有變的，是她的眼睛。

她的眼睛還是那麼明亮，那麼堅強。

可是她爲什麼垂下頭？難道她眼淚已忍不住流了下來？

老人又在輕輕的咳嗽著。

她終於悄悄擦乾了眼淚，抬起頭，向郭大路招了招手，道：「你過來。」

郭大路眼睛還盯在她臉上，就像是受了某種魔法的催眠似的，一步步走了過去。

她又垂下了頭，面頰上似已泛起紅暈，晚霞般的醉人。

以前她臉上也曾泛起這種紅暈，但郭大路卻並沒有十分留意。

男人有時也會臉紅的。

現在郭大路只恨不得重重給自己七八十個耳刮子。

他實在不明白自己爲什麼會這麼笨，爲什麼居然沒有看出她是個女人。

老人忽又嘆息著，道：「你再過來一點，讓我看看你。」

郭大路沒有聽見。

現在除了她之外，什麼人的話他都聽不見。

燕七卻咬著嘴唇，道：「我爹爹的話，你聽見了沒有？」

郭大路怔了怔，道：「他……他老人家就是你的父親？」

燕七點點頭。

郭大路立刻走近了一點。

他可以不尊重任何人，可以聽不見任何人說的話，但燕七的父親，那當然是例外。

老人看到了他，他也看到了這老人。

他又怔住。

二

世上有很多種人，所以也有很多種臉。

有的臉長，有的臉圓，有的臉俊，有的臉明朗照人，有的臉卻永遠都像是別人欠他三萬兩銀子沒還似的。

郭大路看過很多人，看過很多種臉。

但他從未看過這麼樣一張！

嚴格說來，這已不能算是一個人的臉，而是個活骷髏。

長而方的臉上，已只剩下一張皮包著骨頭，彷彿已完全沒有血肉。

但刀疤的兩旁，卻偏偏還有血肉翻起。

最可怕的就是這刀疤！

兩條刀疤在他臉上劃成了個十字。左面的一條，從眼睛劃過，再劃過鼻子，直劃到嘴角。

右邊的一條自右頰劃斷鼻樑，直劃到耳根。

所以這張臉上，已分辨不出鼻子的形狀，只剩下一隻眼睛。

眼睛半閉著。

刀疤早已收了口，也不知是多少年前留下來的，但刀疤兩旁翻起的血肉，卻仍然鮮血般殷紅。

血紅的十字刀疤，襯著他枯瘦蒼白的臉，看來就像是個正在燃燒著的、地獄中惡鬼的符號。

這老人根本就像是活在地獄中的。

郭大路連呼吸都似已將停頓。

他不忍，也不敢再看這張臉，卻又不能逃避。

他臉上甚至不能露出絲毫厭惡恐懼的表情，因爲這老人是燕七的父親。

老人也正在半閉著眼，看著他，過了很久，才緩緩道：「你就是郭大路？」

郭大路道：「是的。」

老人道：「你是我女兒的好朋友？」

郭大路道：「是的。」

老人道：「你是不是覺得我的臉很難看，而且很可怕？」

郭大路沉默了半晌，終於道：「是的。」

老人也沉默了半晌，喉嚨裡忽然發出短促的笑聲，道：「難怪我女兒說你是老實人，看來你果然是的。」

郭大路瞟了燕七一眼，燕七還是垂著頭。

梅蘭的臉上，也有了笑意。

郭大路也垂下頭道：「有時我也並不太老實的。」

這也是句老實話。他忽然發覺在這老人面前說老實話，是種很好的方法。

老人果然微微頷首，道：「不錯，不老實的人，休想到這裡來；太老實的人，也休想找得到這裡的。」

他忽又感慨的嘆了口氣，道：「你能到這裡來，總算不容易……實在不容易。」

郭大路聽在耳裡，心裡忽然覺得有些酸酸的。

燕七爲什麼要讓他受這許多折磨？爲什麼要他如此苦苦找尋？

老人雖半閉著眼，卻已似看到他心裡，忽然道：「叫他們也進來吧。」

梅蘭道：「是。」

她靜悄悄的走過去，靜悄悄的打開了另一扇門。

門外立刻有三個人靜靜的走了進來。

第一個人，就是那麻子。現在他也已換了件雪白的長袍，一進來就垂手站在屋角，顯得既敬畏，又尊敬，就好像奴才看到了他的主子一樣。

跟在他後面的，當然就是那駝子。

第三個人才是那獨腳和尚。

三個人都穿著同樣的白袍，對這老人的態度都同樣尊敬。三個人都垂著頭，看都沒有看郭大路一眼。

老人道：「你們想必是認得的。」

三個人同時點了點頭。

郭大路卻忍不住道：「他們雖認得我，我卻不認得他們。」

老人唏噓著，道：「現在的年輕人，認得他們的確已不多了，但你也許還聽過他們的名字。」

郭大路道：「哦？」

老人道：「你跟藍昆是交過手的，難道還沒有看出他武功來？」

郭大路道：「藍昆？」

老人道：「藍昆是他的俗號，自從他在少林出家後，別人就只知道他叫鐵松了。」

原來這獨腳和尚竟是少林門下！也只有少林的「風雷降魔杖」，才能有那種驚人的威力。

郭大路聳然動容，道：「莫非他就是昔日一杖降十魔、獨闖星宿海的『金羅漢』鐵松大師？」

老人道：「不錯，就是他。」

郭大路說不出話來了。

這金羅漢正是他少年時，心目中崇拜的偶像之一，他七八歲時就已聽說過這名字，後來又聽說這人已物化仙去了，想不到竟隱居在這裡。

老人道：「天外游龍神駝子，這名字你想必也該聽人說過。」

郭大路又怔住。

原來這駝子竟是昔年最負盛名的輕功高手，難怪他一回頭，就已看不見這人的影子了。

老人道：「天外游龍神駝子，千變萬化智多星，這兩人本是齊名的。」

郭大路吃驚的看著那痲子，失聲道：「難道他就是智多星袁大先生？」

老人道：「原來你也知道他。」

郭大路怔在那裡，久久都吐不出氣來。

這三人在二十年前，全都是江湖中聲名顯赫、不可一世的武林高手。

在江湖傳說中，這三人已全都死了。

誰也想不到這三人竟全都躲在這裡，而且還好像都已成了這病老人的奴僕下屬。

想到這裡，郭大路心裡又一驚。

像金羅漢、神駝子這樣的絕頂高人，都已做了這老人的奴僕，而且對他如此敬畏，如此尊敬。

這老人又是個什麼樣的人物呢？

郭大路實在想不出。

就算是昔日的少林方丈鐵眉復生，金羅漢也不會對他如此敬畏。就算是昔日的天下第一名俠再生，神駝子和智多星也絕不會甘心做他的奴僕下人。

這老人又有什麼力量，能使得這三個人對他如此服從尊敬？

老人緩緩道：「他們今天讓你吃了不少苦，你心裡是不是對他們很不滿？」

郭大路想搖頭，沒有搖，苦笑道：「有一點。」

老人道：「他們這樣做，你是不是覺得很奇怪？」

郭大路道：「也有一點……不止一點。」

老人道：「你千方百計找到這裡來，爲了什麼？」

郭大路囁嚅著，又瞟了燕七一眼，吶吶道：「來找她的。」

老人道：「爲什麼要找她？」

他說話好像永遠都是在發問，而且問得咄咄逼人，絲毫不給別人轉圜的餘地。

郭大路垂下頭，彷彿忸怩不安。

但這時燕七卻忽然抬起頭來，用一雙明如秋水般的眼波，凝視著他。

郭大路心裡立刻又充滿了勇氣和信心，抬起頭，大聲道：「因爲我喜歡她，想永遠跟她廝守在一起。」

這本是光明正大的事，他用這種光明磊落的態度，正顯出了他的真誠坦率。

老人的聲音卻更嚴肅，一字字道：「你是不是想要她作妻子？」

郭大路毫不考慮道：「是。」

老人道：「永不反悔？」

郭大路道：「永不反悔。」

老人半閉著的一隻眼，突然睜開，眼睛裡射出閃電般的光。

郭大路從未看過如此逼人、如此可怕的眼睛，但他卻沒有逃避。因爲他知道這是最重要的一刻，因爲他心中坦然無愧。

老人逼視著他厲聲道：「但你知不知道我是誰？」

郭大路搖搖頭，這句話正是他憋在心裡久已想問出來的。

老人道：「你看到了我臉上的十字劍傷，還不知道我是誰？」

郭大路心裡突然一陣驚悸，整個人都幾乎爲之震動起來。

十字劍傷！瘋狂十字劍！

唯一能在瘋狂十字劍下逃生的人，就是南宮醜！

莫非這病重垂危的老人，才是真正的南宮醜！

郭大路只覺自己的頭腦在暈眩。

他再也想不到，江湖中聲名最狼藉的第一惡人南宮醜，竟是燕七的父親。

難怪燕七能確定那黑衣人絕不是南宮醜。

自牆後刺入，穿入黑衣人心臟的那一劍，原來是燕七下的手。

她這樣做，顯然是痛恨這人假冒她父親的名，所以她不惜殺了他，來保護自己父親的名譽。難怪她從不肯吐露自己的身世，彷彿有很多難言之隱。

她始終不肯對郭大路說出自己是女兒身，只怕也是爲了自慚家世，生怕郭大路知道了她的出身後，會改變對她的感情。

所以她一直要等到臨死前才肯說出來。所以她要逃避。

這些想來彷彿永遠無法解釋的事，現在終於完全有了答案。但郭大路卻幾乎不能相信。

屋子裡更靜。

每個人的眼睛，都在逼視著郭大路，只有燕七又垂下了頭。她似已不敢再看郭大路。

她生怕郭大路的回答，會傷透她的心。

也不知過了多久，老人才緩緩道：「現在你已知道我是誰了？」

郭大路道：「是。」

老人道：「現在你若是改變主意，還來得及。」

郭大路道：「現在已經來不及了。」

老人道：「爲什麼？」

郭大路道：「因爲世上已沒有任何事能改變我對她的感情，連我自己都不能。」

他聲音是如此堅定，如此真誠。

他轉頭去看燕七的眼睛，燕七也已情不自禁，抬起頭來，凝視著他。

她目中已又露出淚光，但卻已是歡喜的淚，也是感激的淚。

連梅蘭的眼睛都已有些潮濕。

老人卻仍然以厲電般的目光在逼視著郭大路，道：「你還是願意娶她做妻子？」

郭大路道：「是。」

老人道：「你願意做南宮醜女兒的丈夫？」

郭大路道：「是。」

老人的目光忽然像寒冰在春水中融化了，喃喃道：「好，你果然是個好孩子……燕兒果然沒有看錯你。」

他又慢慢的闔起眼簾，一字字道：「現在我已可放心將她交給你，現在她已是你的妻子。」

四五　前塵往事

一

洞房。

世上有多少個未成親的少年，在幻想著花燭之夜，洞房裡的綺旎風光？又有多少個已垂暮的老人，在回憶著那一天洞房裡的甜蜜和溫暖？

幻想和回憶永遠都是美麗的。

事實上，花燭之夜的洞房裡，通常都沒有回憶中那麼溫暖甜蜜，風光也遠不如幻想中的那麼綺麗。

有些自以爲很聰明的人，時常都喜歡將洞房形容成一個墳墓，甚至還說洞房裡發出的聲音，有時就像是個屠宰場。

洞房當然也不是墳墓和屠宰場。

那麼洞房究竟是什麼樣子呢？

洞房通常是間並不太溫暖的屋子，到處都是紅紅綠綠的，到處都充滿了油漆味道，再加上賀客們留下的酒臭，在裡面耽上一兩個時辰還能不吐的人，一定有個構造很特別的鼻子和胃。

洞房裡當然有一男一女兩個人，這兩個人通常都不會太熟，所以也不會有很多話說。

所以外面就算吵翻了天，洞房裡卻通常都很冷靜。

賀客們雖然在拚命的吃，拚命的喝，生怕撈不回本錢似的，但新郎和新娘通常都在餓著肚子。

這本來是他們的洞房花燭夜，但這一天卻好像是爲別人過的。

燕七蒙面的紅巾已掀起，正垂著頭，坐在床沿，看著自己的紅繡鞋。

郭大路遠遠的坐在小圓桌旁的椅子上，似乎也在發怔。

她不敢看他，他也不敢看她。

假如喝了點酒，他也許會輕鬆些，妙的是他今天偏偏沒有喝。

好像只要做新郎倌的人一定要喝酒，馬上就會有一些「好心人」過來攔住，搶著替他把酒喝了。

他們本來就是很好的朋友，本來每天都有很多話可說。

但一做了夫妻，就好像不再是朋友了。

兩個人竟好像忽然變得很遙遠，很生疏，很怕難爲情。

所以誰也不好意思先開口。

郭大路本來以爲自己可以應付得很好的，但一進了洞房，就忽然發覺自己就像是變成了一個呆子。

這種情況他實在不習慣。

他本來想走過去，坐到燕七身旁，但也不知爲了什麼，兩條腿卻偏偏在發軟，連站都站不起來。

也不知過了多久，郭大路只覺得連脖子都有點發硬的時候——

燕七忽然道：「我要睡了。」

她竟自己說睡就睡，連鞋都不脫，就往床上一倒，拉起上面繡著鴛鴦戲水的紅絲被，把自己身子緊緊的裹住。

她面朝著牆，身子蜷曲得就像是隻蝦米。

郭大路咬著嘴唇，看著她，目中漸漸有了笑意，忽然道：「今天你怎麼沒有要我出去？」

燕七不睬他，像是已睡著。

郭大路笑道：「有別人在你的屋子裡，你不是睡不著的嗎？」

燕七本來還是不想睬他的，卻又偏偏忍不住道：「你少說幾句，我就睡著了。」

郭大路眨著眼，悠悠道：「有我在屋裡，你也睡得著？」

燕七咬著嘴唇，輕輕道：「你……你不是別人。」

郭大路道：「不是別人是什麼人？」

燕七忽然「噗哧」一笑，道：「你是個大頭鬼。」

郭大路忽又嘆了口氣，道：「奇怪奇怪，你怎麼會嫁給我這大頭鬼的？我記得你以前好像說過，就算天下的男人全都死光了，也不會嫁給我。」

燕七忽然翻過身，抓起了枕頭，用力的向他摔了過來。

她的臉紅得就像是個剛摘下來的熟蘋果。

枕頭又飛回來了，帶著郭大路的人一起飛回來的。

燕七紅著臉道：「你……你……你想幹什麼？」

郭大路道：「我想咬你一口。」

粉紅色的繡帳，不知何時已垂下。

假如有人一定要說，洞房裡的聲音像屠宰場，那麼這屠宰場一定是殺蚊子的。

他們說話的聲音也像是蚊子叫。

郭大路好像在輕輕道：「奇怪，真奇怪。」

燕七道：「又奇怪什麼？」

郭大路道：「你身上爲什麼一點也不臭？」

只聽「吧」的一響，就好像有人在打蚊子，愈打愈輕，愈打愈輕……

二

天已經快亮了。

錦帳中剛剛才安靜下來，又過了半天，就聽到郭大路輕輕道：「你知道我現在在想什麼？」

燕七道：「嗯。」

她的聲音如燕子呢喃，誰也聽不清她在說什麼。

郭大路道：「我想起了很多很奇怪的事，但最想的，還是個燒得又紅又爛的大蹄膀。」

燕七「噗哧」一笑，道：「你能不能說你是在想著我？」

郭大路道：「不能。」

燕七道：「不能？」

郭大路道：「因爲我怕把你一口吞下去。」

他嘆息著，喃喃道：「你這老婆我得來可真不容易，若是吞下去，豈非沒有了？」

燕七道：「沒有了豈非正好再去找一個。」

郭大路道：「找誰？」

燕七道：「譬如說……酸梅湯。」

郭大路慢慢的道：「不行，她太酸，而且她喜歡的是你。」

他忽又一笑，道：「現在我才知道，那天你不要她，她爲什麼一點也不生氣了……那天你想必已告訴她，你也跟她一樣，是個女人。」

燕七道：「我若是男人，我就要她了。」

郭大路道：「你爲什麼一直不肯告訴我，你是個女人呢？」

燕七道：「誰叫你是個瞎子，別人都看出來了，就是你看不出來。」

郭大路道：「你要告訴我的就是這個秘密？」

燕七道：「嗯。」

郭大路道：「你爲什麼一定要等到我快死的時候，才肯告訴我？」

燕七道：「因爲……因爲我怕你不要我……」

她的話還沒有說完，嘴就像是已被件什麼東西堵住了。

過了很久，她才輕輕的喘息著，道：「我們好好的聊聊，不許你亂動。」

郭大路道：「好，不動就不動。可是你爲什麼要怕我不要你？你難道不知道，就算用全世界的女人來換你一個，我也不換的。」

燕七道：「真的？」

郭大路道：「當然是真的。」

燕七道：「若用那個水柔青來換呢？」

郭大路嘆道：「她的確是個很好的女孩子，而且很可憐，只可惜我心裡早已經被你一個人佔滿了，再也容不下別的人。」

燕七「嚶嚀」了一聲。錦帳中忽然又沉默了很久，好像兩個人的嘴又已被什麼堵住。

又過了很久，郭大路才嘆息著道：「我知道你那麼樣做，是爲了試試我，對你是不是忠心。」

燕七咬著嘴唇，道：「你若肯在那裡留下來，這一輩子就休想再看見我了。」

郭大路道：「可是我已經到這裡來了之後，你爲什麼還不讓我來見你呢？」

燕七道：「因爲還有別的人也想試試你，看你是不是夠聰明、夠膽量，看你的心是不是夠好，夠不夠資格做我爹爹的女婿。」

郭大路道：「所以他們就看我是不是夠聰明能找出這間屋子的秘密，是不是夠膽到那龍王廟去。」

燕七道：「在那龍王廟裡，你若是敢動我那小表妹的壞主意，或是不肯先送她回來，你就算能找到這裡，還是看不見我的。」

郭大路嘆了口氣，道：「幸虧我是個又聰明，又有膽量的大好人……」

燕七笑了，搶著道：「否則你又怎麼能娶到我這麼好的老婆呢？」

郭大路嘆道：「到現在我才發現我們真是天生的一對。」

燕七道：「你現在才發現？」

郭大路笑道：「因爲我現在才發現，我們兩個人的臉皮都夠厚的。」

現在這屋子才真的像是個洞房了，甚至比你想像中的洞房還要甜蜜美麗。

他們夠資格享受。

因爲他們的情感受得住考驗，他們能有這麼樣一天，可真是不容易。

鑽石要經過琢磨，才能發得出光芒。

愛情和友誼也一樣。

三

經不住考驗的愛情和友誼，就像是紙做的花，既沒有花的鮮艷和芬芳，也永遠結不出果實。

樹上已結出果實，春天雖已遠去，但收穫的季節卻已快來了。

燕七坐在樹下，摘下了頭上的馬連坡大草帽做扇子，喃喃道：「好熱的天氣，王老大想必更懶得動了。」

郭大路目光遙視向遠方，道：「這些日子來，他和小林不知道在幹什麼。」

燕七道：「你放心，他們絕不會寂寞的，尤其是小林。」

郭大路道：「爲什麼？」

燕七嫣然一笑，道：「你難道忘記了那個賣花的小姑娘？」

郭大路也笑了，立刻又聽到了那清脆的歌聲：

「小小姑娘，清早起床，

提著花籃兒，上市場；

穿過大街，走過小巷，

賣花賣花，聲聲嚷……」

歌聲當然不是那賣花的小姑娘唱出來的，唱歌的是燕七。

她輕搖著草帽，曼聲而歌，引得路上的人都扭轉頭，瞪大了眼睛來瞧她。

郭大路笑道：「你莫要忘記你現在身上穿的是什麼衣服？」

她身上穿的還是男人打扮，但歌聲卻清脆如黃鶯出谷。

燕七卻笑道：「沒關係，反正我就算不唱，別人也一樣能看出我是個女人的，一個女人要扮得像男人，並不是件容易事。」

郭大路道：「你以前呢？」

燕七道：「以前不同。」

郭大路道：「有什麼不同？」

燕七笑道：「以前我比較髒……很髒，大家都覺得女人總應該比男人乾淨。」

郭大路道：「其實呢？」

燕七瞪了他一眼，道：「其實女人本來就比男人乾淨。」

這條路，是回富貴山莊的路。

他們並沒有忘記他們的朋友，他們要將自己的快樂讓朋友分享。

「王老大和小林若知道我們……我們已經成為夫妻，一定也會很高興的。」

「不知道小林會不會吃醋。」

說完了這句話他就開始跑，燕七就在後面追。

他們既沒有乘車，也沒有騎馬，在路上笑著，跑著，追著，就像是兩個孩子。

快樂豈非總是能令人變得年輕的？

跑累了，就在樹蔭裡坐下來，買一個烙餅就當午飯吃。

就算是淡而無味的硬麵餅，吃在他們嘴裡，也是甜的。

郭大路居然已經有好幾天沒喝酒了，除了他們臨走前的那天，南宮醜為自己的女兒和女婿餞行，非但他自己居然也破例喝了半杯，而且還一定要他們放量喝個痛快，所以他們全醉了。

燕七微笑道：「我爹爹自己現在雖不能喝酒了，卻很喜歡看別人喝。」

郭大路笑道：「他以前的酒量一定也不錯。」

燕七道：「何止不錯，十個郭大路也未必能喝得過他一個。」

郭大路道：「哈。」

燕七道：「哈是什麼意思？」

郭大路道：「哈的意思就是我非但不服氣，而且不相信。」

燕七道：「只可惜他現在老了，而且舊傷復發，已有多年躺在床上不能動，否則他不把你灌得滿地亂爬才怪。」

提起了她父親的病痛，她眼睛裡也不禁露出了悲傷之色。

郭大路也輕輕嘆息了一聲，道：「他實在是個很了不起的人，我想不到他會讓我們走的。」

燕七道：「爲什麼？」

郭大路道：「因爲……因爲他實在太寂寞，若是換了別人，一定會要我們陪著他。」

燕七道：「可是他不同，他從不願爲了自己讓別人痛苦，無論多麼難以忍受的事，他都寧可一個人獨自忍受。」

她眼睛裡又發出了光，顯然因自己有這麼樣一個父親而驕傲。

郭大路嘆道：「說老實話，我從來也沒有想到他是個這樣子的人。」

燕七道：「從前你以爲他是什麼樣的人？」

郭大路吶吶道：「你知道，江湖中的傳說，將他說得多麼可怕。」

燕七道：「現在呢？」

郭大路嘆息著，道：「現在我才知道，江湖中的那些傳說才真正可怕，他居然能忍受了這麼多年，就憑這一點，已不是別人能比得上的了。」

燕七黯然道：「這也許只因爲他已沒法不忍受。」

郭大路道：「幸好他還有朋友，我看到神駝子他們對他的忠實和友情，總忍不住要替他覺得歡喜感動。」

燕七沉默了半晌，忽然道：「你知不知道他們以前是想怎麼對付他的？」

郭大路搖搖頭。

燕七道：「他們以前也是一心想要來殺他的，可是後來，經過了幾次生死纏鬥之後，他們才發現他並不是傳說中那樣的人，也被他的人格所感動，所以才成了他的朋友。」

她笑了笑，笑得很淒涼，又有些得意，接著道：「爲了他，金羅漢甚至不惜背叛了少林，不惜做一個終生再也見不得天日的叛徒。」

郭大路道：「人豈非也就因爲有這種偉大的感情，所以才和畜牲不同。」

燕七道：「這種感情也唯有在生死患難之中，才能顯得出它的偉大來。」

他們說的不錯。

一個人也唯有在生死患難之中，才能顯得出他的偉大來。

南宮醜能博得神駝子他們的友情，所付出的代價是何等慘痛，只怕也不是別人能想像得到的。

若不是在生死關頭中，寧願犧牲自己來保全別人，別人又怎知他人格的偉大？又怎會爲了他犧牲一切？

這其中，當然也有段令人驚心動魄、悲傷流淚的故事。

這故事已不必再提。

因爲我們現在要說的，是令人歡樂的故事。

這世上悲傷的故事已夠多。

已太多。

四

未到黃昏，已近黃昏。

日色雖已西沉，但碎石路上仍是熱烘烘的，摸著燙手。

前面的樹蔭下，有個襤褸憔悴的婦人，手裡牽著個孩子，背上也揹著個孩子，正垂著頭，伸出手站在那裡向過路人乞討。

郭大路立刻走過去，摸出塊碎銀子，擺在她手裡。

他從未錯過任何一個乞丐，縱然他已只剩下這塊碎銀，也會毫不考慮就施捨給別人。

燕七看著，溫柔的目光中，帶著讚許之色。

她顯然也以自己有這樣的丈夫而驕傲。

這婦人嘴裡喃喃的說著感激的話，正想將銀子揣在懷裡，有意無意間抬起了頭，看了郭大路一眼。

她蒼白憔悴的臉上，立刻發生了種無法描述的可怕變化。

她那雙無神而滿佈血絲的眼睛，也立刻死魚般凸了出來，就好像有把刀突然插入了她的心臟。

郭大路本來還在微笑，但笑容也漸漸凍結，臉上也露出了驚駭的表情，失聲道：「是你？」

那婦人立刻用雙手蒙住了臉，叫聲道：「你走，我不認得你。」

郭大路的表情已由驚駭變爲憐惜，長嘆道：「你怎會變成這樣子的？」

婦人道：「那是我的事，和你沒關係。」

她雖然想勉強控制住自己，但全身都已抖得像是風中的燭光。

郭大路目光垂向那兩個發育不全、滿臉鼻涕的孩子黯然問道：「這是你跟他生的麼？他的人呢？」

婦人顫抖著，終於忍不住放聲大哭起來，掩面痛哭道：「他騙了我，騙去了我的私房錢，又和別的女人跑了，卻將這兩個孽種留下來給我，我爲什麼這麼苦命……爲什麼？」

沒有人能替她解答，只有她自己。

她這種悲慘的遭遇，豈非正是她自己找來的。

郭大路嘆息著，也不知該說什麼。

燕七慢慢的走過來，無言的握住了他的手，讓他知道，無論遇著什麼事，她總是站在他這一邊的，總是同樣信任他。

女人所能給男人的，還有什麼能比這種信任和瞭解更能令男人感激？

郭大路猶疑著，道：「你已知道她是誰了？」

燕七點點頭。

女人對自己所愛的男人，彷彿天生就有種奇妙敏銳的第六感。

她早已感覺出這婦人和她的丈夫之間，有種很不尋常的關係，再聽了他們說的話，就更無疑問了。

這婦人顯然就是以前欺騙了郭大路，將他拋棄了的那個女人。

郭大路長長嘆息，道：「我實在沒想到會在這裡看見她，更沒有想到她已變成這樣子。」

燕七柔聲道：「她既然是你的朋友，你就應該盡力幫助她。」

這婦人忽然停下哭聲，抬起頭，瞪著她，道：「你是什麼人？」

燕七的目光柔和而平靜，道：「我是他的妻子。」

這婦人臉上又起了種奇特的變化，轉頭瞪著郭大路，詫聲道：「你已經成了親？」

郭大路道：「是的。」

這婦人看了看他，又看了看燕七，目中突然露出了一種惡毒的嫉妒之色，忽然一把揪住了郭大路的衣襟，大聲道：「你本來要娶我的，怎麼能和別人成親？」

郭大路動也不動，臉色已蒼白如紙，這種情況他實在不知道應該怎麼樣應付。

燕七卻將他的手握得更緊，凝視著這婦人道：「是你離開了他，不是他不要你，以前的事你自己也該記得的。」

婦人的目光更惡毒，獰笑著道：「我記得什麼？我只記得他曾經告訴過我，他永遠只喜歡我一個人，除了我之外，他絕不再娶別的女人。」

她又作出要流淚的樣子，抽動著嘴角，大聲道：「可是他卻騙了我，騙了我這個苦命的女人，你們大家來評評理……」

路上已有人圍了上來，帶著輕蔑和憎惡之色，看著郭大路。

郭大路蒼白的臉又已變得赤紅，連汗珠子都已冒了出來。

但燕七的神色卻還是很平靜，緩緩道：「他並沒有騙你，從來也沒有騙過你，只可惜你已不是以前那個人了，你自己也該明白。」

這婦人大叫大跳，道：「我什麼都不明白，我不想活了……我就是死也要跟這狠心的男人死在一起。」

她一頭向郭大路撞了過去，賴在地上，再也不肯起來。

遇見了這種會撒潑使賴的女人，無論誰都無法可施的。

郭大路簡直不知道該如何是好了，只恨不得找個地縫鑽下去。

燕七沉吟著，忽然從身上拿出了條金鍊子，遞到這婦人面前，道：「你認不認得這是什麼？」

婦人瞪著眼，怔了半晌，才大聲道：「我當然認得，這本來也是我的。」

燕七道：「所以我現在還給你；只不過希望你知道，爲了保存這條金鍊子，他不惜挨餓挨罵，甚至不惜被朋友恥笑——他這是爲了什麼，你也該想得到的。」

婦人看著這條金鍊子，目中的怨毒之色漸漸變爲羞愧。

她畢竟也是個人。

人，多多少少總有些人性的。

燕七道：「你換了這條金鍊子，已可好好的做點小生意，好好的養你的孩子；以後你一定還會遇著好男人的，只要你不再欺騙別人，別人也不會來欺騙你。」

婦人的身子又開始顫抖，轉過頭，去看她的孩子。

孩子臉上滿是驚恐之色，撇著嘴想哭，卻又嚇得連哭都不敢哭出聲。

燕七柔聲道：「莫忘記你已是母親，已應該替你的孩子想一想，他將來也會長大的，你應該讓他覺得，因爲有你這樣一個母親而驕傲。」

婦人顫抖著，突又伏在地上放聲痛哭起來，痛哭著道：「老天……老天，你爲什麼又要讓我看見他……爲什麼？」

這問題也沒有人能爲她解答，只有她自己。

你栽下去的是什麼樣的種子，就一定會得到什麼樣的收穫。

你栽下去的若是砂石，就永遠莫要期望它能開出美麗的花朵。

黃昏。

夕陽已由絢爛而轉爲平靜。

郭大路慢慢的走在道旁，心情顯然也和他臉色同樣沉重。

燕七沒有說話，沒有打擾他。

她知道每個人都有他需要一個人靜一靜的時候，這也正是一個做人妻子的女人，所最需要瞭解的。

也不知道了多久，郭大路才沉聲道：「你什麼時候將那金鍊子贖出來的？爲什麼不告訴我？」

燕七笑了笑，道：「因爲我根本就沒有贖出來。」

郭大路道：「你沒有？」

燕七道：「剛才我給她的金鍊子，根本不是你的那條。」

郭大路愕然道：「不是？」

燕七微笑著道：「那是梅蘭姐妹私下裡送給我的賀禮。」

郭大路道：「那你爲什麼要拿出來，爲什麼要這樣做？」

燕七笑道：「因爲我也是個女人，我對女人總比你瞭解得多。」

郭大路道：「你是說她看到了這條金鍊子，就會想起我以前對她總算是不錯，所以才肯放過我？」

燕七抿嘴笑道：「金鍊子看起來都是差不多的，連你都已經分不清了，又何況她。」

她笑得很愉快。

因爲這金鍊子只不過是個象徵，象徵著以前的那一段往事。

現在他們既已連這金鍊子都分不清了，顯然已將昔日的情感和怨恨全都淡忘。

無論多大方的女人，都不願自己的丈夫還將往事藏在心裡的。

郭大路道：「可是她看到我的時候，就應該已經想起以前……」

燕七打斷了他的話，道：「她那樣子對你，並不是爲以前的事，而是因爲嫉妒。」

郭大路道：「嫉妒？」

燕七道：「也不是嫉妒你，是嫉妒我。看看她自己的日子，再看看我們，她更悔恨自己以前爲什麼要那樣做。」

她嘆了口氣，接著道：「一個人對自己悔恨的時候，往往就會莫名其妙的對別人也懷恨起來，恨不得全世界的人都和她一樣痛苦。」

郭大路嘆道：「所以她就想破壞我們。」

燕七道：「她恨你，只不過因爲她知道自己已永遠無法再得到你了。」

郭大路道：「可是她看到了那條金鍊子時，爲什麼忽然又變了呢？」

燕七道：「因爲金鍊子和你不同。」

她嫣然一笑，接著道：「金鍊子不但比你好看，而且她知道自己一定可以得到。」

郭大路道：「那是不是因爲金鍊子已經在她的手裡了？」

燕七笑道：「答對了！」

世上的確只有女人才瞭解女人。

女人一向只相信自己已拿在手裡的東西，就算她明知還有一百條金鍊子可以去拿，她也絕不肯用手裡這一條去換的。

也沒有幾個女人肯將自己的金鍊子，送給她丈夫以前的情人。

只有最聰明的女人才會這樣做。

她只用一條金鍊子，已換取了她丈夫對她的信任和感激，也換來了她自己的一生幸福。

郭大路凝視著他的妻子，情不自禁，握住了她的手，柔聲道：「謝謝你。」

燕七眨著眼，笑道：「謝謝我？……謝謝我那條金鍊子？」

郭大路搖搖頭道：「你應該知道我謝的是什麼。」

燕七的確知道。

他感激的當然不是一條金鍊子，而是她的瞭解和體諒。

那遠比世上所有的金鍊子加起來還要珍貴得多。

一個懂得瞭解和體諒的妻子，永遠是男人最大的幸福和財富。

也永遠只有最幸運的男人才能得到。

四六　情人？仇人？

一

世上是不是真有天生幸運的人呢？

也許有，但至少我並沒有看見過。

我當然也看見過幸運的人，但他們的幸運，卻都是用他們的智慧、決心，和勇氣換來的。

幸運就像是烙餅一樣，要用力去揉，用油去煎，用火去烤，絕不會從天上掉下來。

幸運的人就像是新娘子一樣，無論走到哪裡，都一定會被人多瞧幾眼。

無論多平凡的人，一旦做了新娘了，就好像忽然變得特別了。

王動、林太平、紅娘子三個人站做一排，盯著燕七，從頭看到腳，又從腳看到臉。

燕七的臉已被看得像是剛摘下的山裡紅，紅得發燙，忍不住垂下頭，道：「你們又不是不認得我，盯著我看什麼？」

紅娘子嫣然道：「因爲你實在已比以前好看三千六百倍。」

燕七的臉更紅，道：「但我還是我，連一點都沒有變。」

王動道：「你變了。」

燕七道：「什麼地方變了？」

林太平搶著道：「以前你是我的朋友，現在卻已變成我的嫂子；以前你是燕七，現在卻已經變成了郭太太。這變得還不夠多？」

燕七咬著嘴唇，道：「我還是燕七，還是你們的朋友。」

紅娘子吃吃笑道：「但這個燕七至少已比以前乾淨多了。」

郭大路忍不住插口道：「答對了，她現在每天都洗澡。」

他的話剛說完，紅娘子已笑彎了腰。

燕七狠狠瞪了他一眼，紅著臉道：「你少說幾句話行不行？又沒有人當你是啞巴。」

紅娘子失笑道：「若能少說幾句話，就不是郭大路了。」

郭大路乾咳了兩聲，挺起胸，道：「其實我現在也變了，你們爲什麼不看我？」

王動皺著眉，道：「你什麼地方變了？我怎麼看不出？」

郭大路道：「我難道沒有變得好看些？」

王動上上下下看了他幾眼，搖著頭，道：「我看不出。」

郭大路道：「至少我總也變得乾淨了些。」

紅娘子忍住笑道：「現在你也天天洗澡？」

郭大路道：「當然，我……」

這次，他的話還未說出口，紅娘子已又笑得彎下了腰。

燕七趕緊打岔，大聲道：「這地方怎麼好像少了一個人？」

林太平搶著道：「誰？」

燕七眨著眼，笑道：「當然是那個清早起床，就提著花籃上市場的小姑娘。」

紅娘子笑道：「這個人當然少不了的。」

燕七道：「她的人呢？」

紅娘子道：「又上市場去了，但卻不是提著花籃，是提著菜籃——因爲我們的林大少忽然想吃新上市的菠菜炒豆腐。」

燕七也忍住笑，嘆了口氣，道：「想不到她小小的年紀，就已經這麼樣懂得溫柔體貼。」

紅娘子道：「天生溫柔體貼的人，無論年紀大小，都一樣溫柔體貼的。」

她用眼角瞟著林太平，又道：「那就好像天生有福氣的人一樣，你說是不是？」

林太平的臉也紅了，忽然大聲道：「你們少說幾句行不行，我也不會當你們是啞巴的。」

郭大路悠悠道：「不行，若能少說幾句話，就不是女人了。」

王動道：「答對了。」

晚霞滿天。

暮風中又傳來悠揚清脆的歌聲：

「小小姑娘，清早起床，

提著花籃兒，上市場……」

燕七和紅娘子對望了一眼，忍不住笑道：「小小姑娘已經從市場回來了。」

紅娘子笑道：「而且，她的花籃裡還裝滿了青菜豆腐。」

只聽一個銀鈴般清脆的聲音笑道：「不止菠菜豆腐，還有酒。」

小小姑娘果然已回來了，挽著個竹籃子，站在門口，右手果然還提著一大罈酒。

她好像已沒有以前那麼害羞，只不過臉上還是有點發紅。

王動道：「酒？什麼酒？」

小小姑娘嫣然道：「當然是喜酒，我在山下看到他們兩位親熱的樣子，就知道應該去買些喜酒回來了。」

燕七瞪著眼，道：「是誰的喜酒？是我們的？還是你們的？」

小小姑娘「嚶嚀」一聲，紅著臉跑了，沿著牆角跑到後院。

燕七和紅娘子都笑得彎下了腰。

林太平忽然嘆了口氣，喃喃道：「我真不懂，爲什麼你們總喜歡欺負老實人？」

王動道：「因爲老實人已愈來愈少，再不欺負欺負，以後就沒有機會了。」

這不是結論。

二

喜事裡若沒有酒，就好像菜裡沒有鹽一樣。

這句話當然是個很聰明的人說的，只可惜他忘了說下面的一句：

肚子裡若有了酒，頭就會疼的。

第二天早上起來，郭大路的頭已疼得要命。

他當然已不是第一個起來的人——他剛剛發現睡覺有時也不能算是浪費光陰。

他起來的時候，林太平和那小小姑娘已經在院子裡，嘀嘀咕咕，也不知在說些什麼。

無論說什麼，他們都一樣覺得很有趣，很開心。

春天的花雖已謝了，但夏天裡的花又盛開。

他們就站在花叢前，初昇的陽光，照著他們幸福而愉快的臉。

他們也正和初昇的太陽一樣，充滿了光明和希望。

郭大路看著他們，頭疼就彷彿已好了些。

燕七悄悄的走了出來，依偎在他身旁，一隻手挽著漆黑的長髮，一隻手挽著他的臂，目光中也充滿了歡愉和幸福。

天地間，一片和平寧靜，生命實在是值得人們珍惜的。

過了很久，燕七才輕輕道：「你在想什麼？」

郭大路道：「我在想另外兩個人。」

燕七道：「誰？王動和……」

郭大路點點頭，嘆息著道：「我在想，不知要等到哪一天，他們才會像這樣子親熱。」

燕七凝視著她的丈夫，良久良久，才柔聲道：「你知道我爲什麼喜歡你？」

郭大路沒有說話，在等著聽。

他喜歡聽。

燕七柔聲道：「因爲你在你自己幸福的時候，還能想到朋友的幸福；因爲你無論在什麼時候，都不會忘記你的朋友。」

郭大路眨著眼，道：「你錯了，有時我也會忘記他們的。」

燕七道：「什麼時候？」

郭大路悄悄道：「昨天晚上……」

他的話還未說出，燕七的臉已飛紅，拿起他的手，狠狠咬了一口。

只聽林太平笑道：「想不到我們的郭大嫂居然還會咬人的。」

他們兩個人不知何時已轉過身子，正在看著這兩個人微笑。

郭大路笑道：「這你就不懂了，沒有被女人咬過的男人，根本就不能算做男人。」

林太平道：「這是哪一國的道理？」

郭大路道：「我這一國的，但你說不定很快也會到我這一國來了。」

小小姑娘的臉也飛紅，垂下頭道：「我去準備早點去……」

郭大路大笑，道：「多準備一點，也好塞住我們的嘴。」

現在正是早飯的時候。

湛藍色的蒼穹下，乳白色的炊煙四起。

郭大路抬起頭，喃喃道：「這地方怎麼忽然熱鬧起來了，是不是又搬來了很多戶人家？」

林太平道：「沒有呀！」

郭大路望著自山坡上升起的炊煙，道：「若沒有人家，哪來的炊煙？」

林太平回頭看了一眼，面上也露出驚異之色，道：「若有人家，也是昨天晚上才搬來的。」

郭大路道：「昨天還沒有？」

林太平也在望著炊煙升起的地方，道：「昨天下午我還到那邊去逛過，連一家人都沒有。」

燕七沉吟著，道：「就算昨天晚上有人搬來，也不會忽然一下子搬來這麼多家。」

林太平道：「何況，這附近根本連住人的地方都沒有。」

燕七道：「只不過露天下也可以起火的。」

郭大路道：「爲什麼忽然有這麼多人到這裡來起火呢？難道真閒得沒事做了？」

只聽一人緩緩道：「你們在這裡猜，猜到明年也猜不出結果來的，爲什麼不自己出去看看。」

王動正施施然從門外走了進來，臉上還是什麼表情都沒有。

郭大路第一個迎上去，搶著問道：「你已經出去看過了？」

王動道：「嗯。」

郭大路道：「煙是從哪裡來的？」

王動道：「火。」

郭大路道：「誰起的火？」

王動道：「人。」

郭大路道：「什麼樣的人？」

王動道：「有兩條腿的人。」

郭大路嘆了口氣，苦笑道：「看來我這樣問下去，問到明年也一樣問不出結果來的，還是自己出去看看的好。」

王動道：「你早該出去看看了。」

富貴山莊的後面就是山脊，根本就無法可通，前面的山坡上，竟在一夜間搭起了八座巨大的帳篷。

帳篷的形式很奇特，有幾分像是關外牧民用的蒙古包，又有幾分像是行軍駐紮用的營帳。

每座帳篷前，都起了一堆火。

火上烤著整隻的肥羊，用鐵條穿著，慢慢的轉動。

一個精赤著上身的人漢，正將已調好的作料，用刷子刷在羊身上，動作輕柔而仔細，就像是個母親在爲她第一個嬰兒洗澡一樣。

烤肉的香氣，當然比花香更濃。

早餐的桌子上也有肉。

他們剛從外面轉了一圈回來，本該都已經很餓。

但除了郭大路外，別人卻好像都沒有什麼胃口。

每個人心裡都有數，那些帳篷當然不會是無緣無故搭在這裡的。

這些人既然能在一夜間不聲不響的搭起八座如此巨大的帳篷來，世上只怕就很少還有他們做不到的事了。

燕七終於長長嘆了口氣，道：「看來我們又有麻煩來了。」

紅娘子目中也充滿了憂鬱之色，道：「而且這次的麻煩還不小。」

燕七道：「卻不知這次的麻煩是誰惹來的？」

郭大路立刻道：「這次絕不是我。」

燕七道：「哦？」

郭大路道：「我還惹不起這麼大的麻煩來。」

他忽又笑了笑，道：「我這人一向是小麻煩不斷，大麻煩沒有。」

燕七道：「你怎麼知道這次麻煩是大是小？」

郭大路道：「若不是爲了件很大的事，誰肯在別人門口搭起這麼大的八座帳篷來？」

燕七道：「但直到現在爲止，我們還看不出有什麼麻煩。」

郭大路道：「你看不出？」

燕七道：「人家只不過是在外面的空地上搭了幾座帳篷，烤自己的肉，又沒有來惹我們。」

郭大路道：「你看沒有麻煩？」

燕七道：「嗯。」

郭大路道：「剛才是誰說又有麻煩來了的？」

燕七道：「我。」

郭大路道：「你怎麼忽然又改變了主意？」

燕七嫣然一笑，道：「因爲這地方太悶了，我想跟你抬抬槓。」

郭大路道：「我若說沒有麻煩呢？」

燕七道：「我就說有。」

郭大路嘆了口氣，苦笑道：「看樣子我想不跟你抬槓都不行。」

燕七笑道：「答對了。」

一個女人若想找她的丈夫抬槓，每一刻中都可以找得出八千次機會來。

但抬槓有時也不是壞事，那至少可以讓看他們抬槓的人心情輕鬆些。
所以他們一抬槓，別的人都笑了。
紅娘子笑道：「不管怎麼樣，至少人家現在還沒有找上我們，我們又何必自找煩惱？」
只可惜現在已用不著他們去找，煩惱已經進了他們的門了。
門外已有個人慢慢的走了進來。
這人很高、很瘦，身上穿著件顏色很奇特的長衫，竟是慘碧色的。
他臉色也陰沉的像是衣裳一樣，一雙眼睛卻黯淡無光，像是兩個沒有底的黑洞，連眼白和眼珠子都分不出，竟是個瞎子。
但他的腳步卻很輕，就好像在腳底下生了雙眼睛，既不會踩著石頭，更不會掉進洞。
他背負著雙手，慢慢的走了進來，臉色雖陰沉，神態卻很悠閒。
郭大路忍不住，問道：「閣下是不是來找人的？找誰？」
碧衫人好像根本沒聽見。
郭大路皺著眉，道：「難道這人不但是個瞎子，還是個聾子？」
牆角下的花圃裡，夏季的花開得正艷。
這碧衫人沿著花圃走過去，又走了回來，深深的呼吸著。
他雖已無法用眼睛來欣賞花的鮮艷，卻還能用鼻子來領略花的芬芳。

也許他能領略的，有眼睛的人反而領略不到。

他沿著花圃，來回走了兩遍，一句話沒說，又慢慢的走了出去。

郭大路鬆了口氣，道：「看來這人也並不是來找麻煩的，只不過到這裡來聞聞花香而已。」

燕七道：「他怎麼知道這裡有花？」

郭大路道：「他鼻子當然比我們靈得多。」

燕七道：「但他是從哪裡來的呢？」

郭大路笑道：「我又不認得他，我怎麼知道？」

王動忽然道：「我知道。」

郭大路道：「你知道？」

王動點點頭。

郭大路道：「你說他是從哪裡來的？」

王動道：「從帳篷裡。」

郭大路道：「你怎麼知道？」

王動的臉色彷彿很沉重，緩緩道：「因為別的人現在根本已不可能走到這裡來，我們也沒法子走到別的地方去了。」

郭大路道：「為什麼？」

王動道：「因為那八座帳篷已將所有的通路全都封死。」

郭大路動容道：「你是說他們在外面搭起那八座帳篷，爲的就是不讓別的人到這裡來，也不讓這裡的人出去？」

王動不再開口，眼睛盯著外面的花圃，神情卻更沉重。

郭大路忍不住也跟著他回頭瞧了一眼，臉色也立刻變了。

本來開得正好的鮮花，就在這片刻之間，竟已全都枯萎。

嫣紅的花瓣竟已赫然變成烏黑色的，有風吹時，就一瓣瓣落了下來。

郭大路失聲道：「這是怎麼回事？是不是剛才那個人放的毒？」

王動道：「哼。」

郭大路道：「難道這人是條毒蛇，只要他走過的地方，連花草都會毒死？」

王動道：「只怕連毒蛇也沒有他毒。」

燕七道：「不錯，我本來以爲那無孔不入赤練蛇已是天下使毒的第一高手，可是他和這個人一比，好像還差了很多。」

郭大路道：「還差很多？」

這句話並不是問燕七的，他問的是紅娘子。

紅娘子嘆了口氣，道：「赤練蛇下毒還得用東西幫忙，還得下在食物酒水裡、兵刃暗器上，但這人下毒卻連一點影子都沒有，彷彿在呼吸間就能將人毒死。」

郭大路不再問了。

若連紅娘子都說這人下毒的手段比赤練蛇高，那就表示這件事已經無疑問。

現在的問題是，這人究竟是誰？爲什麼要到這裡來把他們的花毒死？

這問題還沒有答案，第二個問題又來了。

門外又有個人走了進來。

這人很矮、很胖，身上穿著件鮮紅的衣服，圓圓的臉上滿面紅光，好像比他的衣裳還紅。

他也背負著雙手，施施然走了進來，神情看來也很悠閒。

這次沒有人再問他是來幹什麼的了，但卻都睁大著眼睛，看著他。

院子裡的花反正已全被毒死，看他還有什麼花樣玩出來。

這紅衣人，居然也好像根本沒有看見他們，在院子裡慢慢踱了一圈，就揚長而去，非但沒有說一句話，也沒有玩一點花樣。

但地上卻已多了一圈腳印，每個腳印都很深，就像是用刀刻出來的。

郭大路嘆了一口氣，看著燕七問道：「我情願讓大象來踩我一下子，也不願被人踩上一腳，你呢？」

燕七道：「我兩樣都不願意。」

郭大路忍不住笑道：「你這人果然比我聰明得多了。」

他並沒有笑多久，因爲門外已又來了個人。

這次來的是白衣人，一身白衣如雪，臉色也冷得像冰雪。

別人都是慢慢的走進來，他卻不是。

他身子輕飄飄的，一陣風吹過，他的人已出現在院子裡。

就在這時，門外突然又有一道青虹般的劍光沖天而起，橫飛過樹梢，一閃而沒。

樹上的葉子立刻雪花般飄落了下來。

白衣人抬頭看了一眼，突然長袍一展，向上面招了招手。漫天落葉立刻不見了。

他的人也立刻不見了，就像是突然被一陣風吹了出去。

也就在這裡，只聽門外有人沉聲道：「王動王莊主在哪裡？」

兩丈外的白楊樹下，站著個白髮蒼蒼的褐衣老人，手裡拿著張大紅帖子，正目光灼灼的看著他們。

他們六個人一排站在門口，就好像特地走出來讓別人看的。

褐衣老人的目光，從他們臉上一個個看了過去，才沉聲道：「哪位是王莊主？」

王動道：「我。」

褐衣老人道：「這裡有請帖一張，是專程送來請王莊主的。」

王動道：「有人要請我吃飯？」

褐衣老人道：「正是。」

王動道：「什麼時候？」
褐衣老人道：「就在今晚。」
王動道：「什麼地方？」
褐衣老人道：「就在此地。」
王動道：「那倒方便得很。」
褐衣老人道：「不錯，的確方便得很，王莊主只要一出門，就已到了。」
王動道：「主人是誰呢？」
褐衣老人道：「主人今夜必定在此相候，王莊主必定可以看到的。」
王動道：「既然如此，又何必專程送這請帖來？」
褐衣老人道：「禮不可廢，請帖總是要的，就請王莊主收下。」
他的手一抬，手上的請帖就慢慢的向王動飛了過來，飛得很穩，很慢，簡直就好像下面有雙看不到的手在托著一樣。
王動又笑了笑，才淡淡地說道：「原來閣下專程送這請帖來，爲的就是要我們看看閣下這手氣功的。」
褐衣老人沉著臉，冷冷道：「王莊主見笑了。」
王動也沉下了臉，道：「剛才還有幾位也都露了手很漂亮的武功，閣下認不認得他們？」
褐衣老人道：「認得。」

王動道：「他們是誰？」

褐衣老人道：「王莊主又何必問我？」

王動道：「不問你問誰？」

褐衣老人忽然也笑了笑，目光有意無意間，瞟了林太平一眼。

郭大路也不禁跟著看了林太平一眼，這才發現林太平的臉色竟已蒼白得全無血色，神情就彷彿王動那次忽然看見天上的風箏一樣。

這些人難道是來找林太平的？

褐衣老人已走了。

他走的時候，王動既沒有阻攔，也沒有再問。

每個人都已看出，今天來的這些人必定和林太平有點關係。

但也沒有人問他，大家甚至連看都避免去看他，免得他爲難。

郭大路甚至故意去問王動，道：「你說他剛才露的那一手是氣功，是哪種氣功？」

王動道：「氣功就是氣功，只有一種。」

郭大路道：「爲什麼只有一種？」

王動道：「女兒紅有幾種？」

郭大路道：「只有一種。」

王動道：「爲什麼只有一種？」

郭大路道：「因爲女兒紅已經是最好的酒，無論什麼東西，最好的都只有一種。」

王動道：「你既然也明白這道理，爲什麼還要來問我？」

郭大路眼珠子轉了轉，道：「依我看，最可怕的還是剛才那一劍，那簡直已經和傳說中，能取人首級於千里之外的御劍術差不多了。」

王動道：「還差得多。」

郭大路道：「你看過御劍術沒有？」

王動道：「沒有。」

郭大路道：「你怎麼知道還差得多？」

王動道：「我就是知道。」

郭大路嘆了口氣，苦笑道：「這人怎麼忽然變得不講理了。」

王動道：「你幾時看見我講過理？」

郭大路道：「很少。」

他們說的當然是廢話，爲的只不過是想讓林太平覺得輕鬆些。

但林太平的臉卻還是蒼白得全無血色，甚至連一雙手都緊張得緊緊握在一起，一個人來來回回在院子裡轉了幾圈，忽然停下腳步，大聲說道：「我知道他們是誰。」

沒有人開腔，但每個人都在聽著。

林太平看著地上的腳印，道：「這人叫強龍，也正是天外八龍中硬功最強的一個。」

王動皺眉道：「天外八龍？剛才出現的那三個人全都是天外八龍中的人？」

林太平道：「全都是。」

王動道：「是不是陸上龍王座前的天龍八將？」

林太平道：「天外八龍也只有一種。」

王動道：「你怎麼知道的？」

林太平道：「我就是知道。」

王動看了看郭大路，兩個人都笑了，郭大路道：「這就叫一報還一報，而且還的真快。」

林太平目中卻露出痛苦之色，緊握著雙手，來來回回又轉了幾個圈子，突又停下腳步，大聲道：「他們也知道我是誰。」

郭大路忍不住笑道：「這就用不著他們告訴我了，我也知道。」

林太平盯著他，目光好像很奇特，道：「你真的知道？」

郭大路道：「當然。」

林太平道：「我是誰？」

這本是最容易回答的一句話，但郭大路反倒被問得怔住了。

林太平忽然長長嘆息了一聲，臉上的表情更痛苦，緩緩道：「沒有人知道我是誰，甚至連我自己都不想知道。」

郭大路忍不住問道：「為什麼？」

林太平看著自己緊握著的手，道：「因為我就是陸上龍王的兒子。」

這句話說出來，連王動面上都露出了驚訝之色。

郭大路也怔住，吃驚的程度簡直已和他聽到燕七是南宮醜的女兒時差不多。

紅娘子勉強笑了笑，道：「令尊縱橫天下，氣蓋當世，武林中誰不敬仰？……」

林太平突然打斷了她的話，大聲道：「我！」

紅娘子怔了怔，道：「你？」

林太平咬著牙，道：「我只希望沒有這麼樣一個父親。」

郭大路皺了皺眉，道：「你就算很不滿他替你訂下的親事，也不該……」

林太平突又打斷了他的話，道：「替我訂親的也不是他。」

郭大路也怔了怔，道：「不是？」

林太平目中已有淚盈眶，垂著頭，道：「我五歲的時候他就已離開我們，從此以後，我就沒有再見過他一面。」

郭大路道：「你……你一直跟著令堂的？」

林太平點點頭，眼淚已將奪眶而出。

郭大路不能再問，也不必再問了。

他看了看燕七，兩個人心裡都已明白，像陸上龍王這樣的男人，甩掉個女人並不是一件奇怪的事。

但被拋棄的女人若是自己的母親，做兒子的心裡又會有什麼感覺？

每個人心裡都對林太平很同情，卻又不敢表露出來——同情和憐憫有時也會刺傷別人的心。

現在能安慰林太平的，也許只有那小小姑娘一個人了。

大家正想暗示她，留下她一個人來陪林太平，但忽又發現這小姑娘臉上的表情竟也和林太平差不多。

她的臉色也蒼白得可怕，垂著頭，咬著嘴唇，連嘴唇都快咬破了。

這純真善良的小小姑娘，難道也會有什麼不可告人的秘密？

林太平忽然在喃喃自語，道：「他這次來，一定是要逼我跟他回去——他生怕我會走，所以才先將出路全都封死。」

郭大路忍不住道：「你準備怎麼辦呢？」

林太平緊握雙拳，道：「我絕不跟他回去，自從他離開我們的那一天，我就已沒有父親。」

他擦乾了淚痕，抬起頭，臉上露出了堅決的表情，看著王動他們，一字字道：「無論怎麼樣，這件事都和你們沒有關係，所以，今天晚上，你們也不必去見他，我……」

那小小姑娘忽然道：「你也不必去。」

林太平也怔住，怔了很久，才忍不住問道：「爲什麼我也不必去？」

小小姑娘道：「因爲他要找的也不是你。」

林太平道：「不是我是誰？」

小小姑娘道：「是我。」

這句話說出來，大家更吃驚。

叱咤一世的陸上龍王怎麼會特地來找一個賣花的小姑娘？這種事有誰相信？

但看到這小姑娘的臉色，大家又不能不信。

她就像是已忽然變了個人，已不再害羞了，眼睛直視著林太平，緩緩地道：「你知不知道我是誰？」

這本來也是個很容易回答的話，但林太平也被問得怔住。

小小姑娘看著他，嘴角露出了一絲淒涼的笑意，緩緩接著道：「沒有人知道我是誰，甚至連我自己都不想知道。」

這句話也是林太平剛說過的，她現在又說了出來，大家本該覺得很可笑。

可是看到她現在的樣子，無論誰都笑不出來的。

若不是有燕七在旁邊，郭大路幾乎已忍不住過去握起她的手，問她爲什麼要如此悲傷，如此難受。

她還年輕，生命又如此美麗，又有什麼事是不能解決的呢？

林太平已過去握起她的手，柔聲道：「無論你是什麼樣的人都無妨，我只知道，你就是你。」

小小姑娘就讓自己冰冷的手被他握著，道：「我知道你說的是真心話，只不過——你還是應該問清楚我是誰的。」

林太平勉強笑了笑，道：「好，我問，你究竟是誰呢？」

小小姑娘閉上眼睛，緩緩道：「我就是你未來的妻子，你母親未來的媳婦，但卻是你父親以前的仇人。」

林太平忽然全身冰冷，緊握著的手也慢慢的放開，垂下……

他的心也跟著一起沉下，彷彿已沉到他冰冷的腳心裡，正被他自己踐踏著。

玉玲瓏！

她竟然就是玉玲瓏。

沒有人能相信這是真的事，沒有人願意相信。

這溫柔善良純真的小姑娘，真的就是那凶狠潑辣驕橫的女煞星？

每個人的目光都盯在她的臉上。

她垂著頭，髮已凌亂，心也似已碎了。

郭大路心裡突也不禁有了憐憫之意，長長嘆了口氣，苦笑道：「你是他母親選中的媳婦，卻是他父親的仇人？世上哪有這麼複雜的關係？你……你一定是在開玩笑。」

他當然也知道這絕不是玩笑，但卻寧願相信這不是真的。

玉玲瓏笑得更淒涼，黯然道：「我明白你的好意，只可惜世上有些事就偏偏是這樣子的。」

郭大路道：「我還是不信。」

玉玲瓏垂著頭，道：「陸上龍王和我們玉家的仇恨，已積了很多年，二十年前就發過誓，一定要親眼看到玉家的人全都死盡死絕。」

郭大路失聲道：「你父親是不是他……」

他不敢問出來，因爲如果玉玲瓏的父親真是死在陸上龍王的手裡，殺父的仇恨，就沒有別的人能夠解得開了。

玉玲瓏卻搖了搖頭，道：「我父親倒不是死在他手上的。」

她目中又露出了怨恨之色，冷冷接道：「因爲他就算有天大的本事，也沒法子再殺一個已經死了的人。」

郭大路鬆了口氣，又忍不住皺了皺眉，道：「你母親……」

玉玲瓏道：「我母親不姓玉，姓衛。」

郭大路道：「姓衛？難道是林夫人的姐妹？」

玉玲瓏點點頭，道：「就因爲這關係，所以他才放過了我母親，但他卻不知道那時我母親腹中已有了我，我還是姓玉的。」

郭大路嘆道：「後來他當然已知道有你這麼樣一個人了。」

玉玲瓏道：「所以我一直都在躲著他，他在北邊，我就不到北邊來，他在南邊，我就不到南邊去；他的名氣比我還大，我躲他，總比他找我容易。」

郭大路苦笑著喃喃道：「我早就說過，一個人太有名，也不是件好事。」

玉玲瓏道：「也並不太壞。」

郭大路道：「其實，你母親本不該讓你成名的，你如果真的是個很平凡的小姑娘，他也許就永遠找不到你了。」

玉玲瓏咬牙道：「那麼樣的活著，和死又有什麼分別？」

郭大路道：「世上有很多人都是那麼樣活著，而且活得很好。」

玉玲瓏道：「但我們玉家從來沒有那樣的人，玉家的聲名也不能從我這一代斷絕。」

郭大路道：「現在你母親呢？」

玉玲瓏默然道：「已經在三年前去世了。」

她咬著嘴唇，道：「她臨死的時候，還怕陸上龍王放不過我，所以特地去找她的妹妹……」

郭大路道：「是她去找林夫人的？」

玉玲瓏點了點頭，道：「她希望林夫人能夠化解開我們兩家的冤仇，只可惜，林夫人自己也無能爲力，所以……」

郭大路道：「所以她才將你許配給她的獨生子，希望你們兩家的怨仇，能從這婚事中化解。」

玉玲瓏道：「我想她一定是這意思。」

郭大路用眼角瞟著林太平長嘆道：「只可惜她的兒子，卻不明白母親的好意。」

玉玲瓏淒然笑道：「下一代的人，總是不能瞭解上一代的好意，就連我也一樣，我本來也一樣不願做他們林家的媳婦。」

她不敢去看林太平，但她的眼波還是情不自禁，向林太平瞟了過去。

林太平整個人都似已冰冷僵硬，忽然道：「那末你爲什麼要到這裡來找我？」

玉玲瓏笑得更淒涼，幽幽道：「你不明白？」

林太平大聲道：「我當然不明白。」

玉玲瓏咬著嘴唇，勉強忍耐著，不讓眼淚流下，又問了一句：「你真不明白？」

林太平道：「不明白！」

玉玲瓏身子突然顫抖，嘶聲道：「好，我告訴你，我這麼做，只爲了我跟你說過，總有一天，要讓你求我嫁給你的。」

林太平胸口像是忽然被人重重一擊，連站都已無法站穩。

玉玲瓏自己也像是要倒了下去。

也不知過了多久，林太平才咬著牙，一字字道：「現在我已明白了……總算明白了！」

他沒有再說別的話，忽然轉身，衝進了自己的房門裡。

「砰」的，門關起。

玉玲瓏也並沒有再看他，但眼淚卻已悄悄的流了下來……

四七 人就是人

一

爲什麼暴風雨來臨前，總是出奇的沉悶平靜？

晴空如洗，一碧萬里。

沒有暴風雨。

暴風雨在人們的心裡。

只有這種暴風雨引起的災禍，才是最可怕的。

走廊下靜得可以聽見王動在屋子裡的呼吸聲。

他的呼吸聲很沉重，竟似已睡著了。能在這種時候睡著的人，真有本事。

郭大路和燕七也不知到哪裡去了，新婚夫妻的行動，在別人眼中看來總好像有點神秘。

只有紅娘子陪著玉玲瓏，兩個寂寞的人，兩顆破碎的心。

玉玲瓏癡癡的望著遠方。遠方什麼都沒有，她眼睛裡也什麼都沒有。

她整個人都似已變成空的。

紅娘子忽然長長嘆息了一聲，道：「我知道你剛才在說謊。」

玉玲瓏茫然道：「說謊？」

紅娘子道：「你這次來找他，並不是爲了要報復，並不是爲了要他跪著求你。」

玉玲瓏道：「我不是？」

紅娘子道：「以前你也許不願做林家的媳婦，但現在卻已願意做林太平的妻子，我看得出。」

她長長嘆息著，道：「但我卻不懂，你爲什麼不肯告訴他呢？」

玉玲瓏咬著嘴唇，道：「你既然看得出，他也應該看得出。」

紅娘子嘆道：「你還不瞭解男人，尤其是他這種男人，他看來雖柔弱，其實卻比誰都剛強。」

玉玲瓏道：「哦？」

紅娘子道：「但最剛強的人，有時也往往是最脆弱的人，別人只要有一點點地方傷害到他，他的心就會碎了。」

玉玲瓏道：「你認爲我傷害了他？」

紅娘子道：「你不該對他那樣說的，你應該老實告訴他，現在你對他的情意，讓他知道你的真心，他才會以真心待你。」

玉玲瓏淒然一笑，道：「我明白你的意思，我本來也想這麼樣做的，可是……」

她垂下頭，垂得很低，輕輕的接著道：「現在無論怎麼樣做，都已太遲了……」

紅娘子看著她，目中充滿了憐惜和同情，彷彿已從這倔強孤獨的少女身上，看到了她自己的影子。

不錯，現在已太遲了。

機會一錯過，是永不會再來的。

紅娘子勉強笑了笑，道：「也許現在還來得及，也許你應該對他用點手段。對付男人，有時是要用些手段的，只要他娶了你，你就是林家的媳婦，陸上龍王想必也不會……」

玉玲瓏突然抬起頭，打斷了她的話，道：「你不必再說了，我已有我的打算，無論如何，陸上龍王也是個人，我爲什麼一定要怕他？」

她神情雖然仍很悲傷，但目中已充滿了倔強自傲的表情。

她本就不是個肯低頭的人。

紅娘子垂下頭，知道自己的確已不必再說下去，也不能再說下去。

玉玲瓏忽又握起她的手，柔聲道：「無論怎麼說，我還是一樣感激你的好意。」

紅娘子道：「我也知道。」

玉玲瓏道：「但你卻有件事不懂。」

紅娘子道：「你說。」

玉玲瓏望著王動的窗口，輕輕地問道：「你的確很能瞭解別人，但卻爲什麼好像偏偏不能瞭解他呢？」

紅娘子笑了笑，也笑得很淒涼，過了很久，才幽幽的嘆了口氣，道：「這也許只因爲他本來就不是個人，否則現在又怎麼睡得著呢？」

王動真的睡著了麼？

屋子裡爲什麼忽然沒有了他的呼吸聲？

二

陸上龍王斜倚在他的虎皮軟榻上，盯著王動，就像要在他臉上盯出兩個洞來。

連王動自己都覺得臉上似已被盯出兩個洞來。

他從未看見過這麼樣的眼睛，從來未看見過這麼樣的人。

他想像中的陸上龍王，也不是這樣子的。

陸上龍王應該是個什麼樣的人呢？

當然一定很高大、很威武、很雄壯，紫面長髯，獅鼻海口，也許已滿臉白髮，但是腰幹還是挺得筆直，就好像你在圖畫中看到的天神一樣。

他說話的聲音也一定像是洪鐘巨鼓，可以震得你耳朵發麻，等到他怒氣發作時，你最好的法子，就是遠遠離開他。

王動甚至已準備好來聽他發怒時的吼聲。

可是他想錯了。

他一看到陸上龍王，就知道無論誰想激起他的怒火，都很不容易。

只有從不發怒的人，才真正可怕。

他臉色是蒼白的，頭髮很稀，鬍子也不長，鬢髮都修飾得光潔而整齊，一雙手也保養得很好，令人很難相信這雙手是殺過人的。

他穿著很簡單，因爲他知道已不必再用華麗的衣著和珍貴的珠寶，來炫耀自己的身分和財富。

王動進來的時候，他並沒有站起來。無論誰進來他都不會站起來。

無論誰都不會怪他失禮。

因爲他只有一條腿！

這縱橫天下，傲視武林的當世之雄，竟是個只有一條腿的殘廢。

巨大的帳篷裡，靜寂無聲，除了他們兩個人外，也沒有別的人。

王動已進來很久，只說了四個字：「在下王動。」

陸上龍王連一個字都沒有說，若是換了別人，一定會認爲他根本沒有聽見自己的話。

但王動並沒有這麼想。

王動知道他必定是要拿定主意後才開口。

有種人是從來不會說錯一句話，他顯然就是這種人。

奇怪的是，這種人偏偏通常是說錯一萬句話也沒關係的。

王動在等著，站著在等。

陸上龍王終於伸出手，指了指對面的一張狼皮墊，道：「坐。」

王動就坐下。

陸上龍王又指了指皮墊旁的小几上的金樽，道：「酒。」

王動搖搖頭。

陸上龍王目光灼灼，道：「你只和朋友喝酒？」

王動道：「有時也例外。」

陸上龍王道：「什麼時候？」

王動緩緩道：「想敷衍別人的時候。但我並不想敷衍你。」

陸上龍王道：「爲什麼？」

王動道：「我從不敷衍值得我尊敬的人。」

陸上龍王盯著他，又過了很久，忽然笑了笑，道：「你來早了。」

王動道：「我本不是來喝酒的。」

陸上龍王慢慢的點了點頭，道：「你當然不是。」
他取起面前的玉杯，緩緩啜了一口，目光突又刀鋒般轉向王動，道：「你在看我的腿？」
王動道：「是。」
陸上龍王道：「你一定在奇怪，有誰能夠砍斷我的腿。」
王動道：「是。」
陸上龍王道：「你想不想知道是誰？」
王動道：「不想。」
陸上龍王道：「爲什麼？」
王動道：「因爲無論他是誰，現在想必都早已經死了。」
陸上龍王忽又笑了笑，道：「看來你並不是多話的人。」
王動道：「我不是。」
陸上龍王道：「我喜歡說話少的人，這種人說出的話，通常比較可靠。」
王動道：「通常都是的。」
陸上龍王道：「好，現在你不妨說出你是想來幹什麼的了。」
他不等王動開口，突又冷冷道：「最好只用一句話說出來。」
王動道：「你不能殺玉玲瓏。」
陸上龍王沉下了臉，道：「爲什麼不能？」

王動道：「你若想叫林太平活下去，就不能夠殺玉玲瓏。」

陸上龍王道：「我若殺了玉玲瓏，林太平就會為她死？」

王動道：「你不信？」

陸上龍王道：「你信？」

王動道：「我若不信，就不會來。」

陸上龍王道：「你相信世上有肯為別人死的人？」

王動道：「不但有，而且很多。」

陸上龍王道：「說兩個給我聽。」

王動道：「林太平，我。」

陸上龍王笑了。

王動道：「你不信？」

陸上龍王道：「你信？」

王動道：「你不妨和我打賭。」

陸上龍王道：「賭什麼？」

王動道：「用我的一條命，賭玉玲瓏的一條命。」

陸上龍王道：「怎麼賭？」

王動道：「林太平若不願為玉玲瓏死，你隨時可以殺了我。」

陸上龍王道：「否則呢？」

王動道：「你就可以走了。所以無論輸贏，你都毫無損失。」

陸上龍王冷笑道：「毫無損失？……這麼想的人，一定還有兩條腿。」

王動道：「我就算被人砍斷了一條腿，也只會去找他，不會去找他的女兒。」

陸上龍王目光更鋒利，又看了他很久，才緩緩道：「你能證明林太平肯爲她死？」

王動道：「我不能，你能。」

他慢慢的接著道：「可是我相信他一定很快就會到這裡來的。」

果然又有人來了，來的不是林太平，是紅娘子、郭大路和燕七。

他們進來的時候，王動已不在這帳篷裡。

看他們臉上的表情，顯然和王動剛才同樣驚異——無論誰也料想不到陸上龍王會是這麼樣一個人。

他們來的目的也和王動一樣，因爲他們對朋友也同樣有情感和信心。

「信心」確實是樣很神奇的東西，好像永遠都不會令人失望的——友情也一樣。

林太平並沒有令他們失望。

三

陸上龍王斜倚在虎皮軟榻上，看著林太平。

這是他親生的兒子，他的獨生子，他已將近有十五年未曾見過他。

可是他在看著他的時候，就好像和看著王動時並沒有什麼兩樣。

過了很久，他才伸出手，指了指王動剛才坐過的狼皮墊，道：「坐。」

林太平沒有坐。

他的身子已僵硬，冷而僵硬，但他的眼睛卻彷彿是潮濕的。

他面對著的，是他的父親，十五年未曾見過一面的父親。

他眼淚還未落下，已很不容易。

陸上龍王臉上還是全無表情，但眼角卻似忽然多了幾條皺紋，終於輕輕嘆息了一聲，道：「你長大了，而且看來很有自己的主意。」

林太平的嘴還是閉得很緊。

陸上龍王道：「你若不願說話，為何要來？」

林太平又沉默了半晌，才緩緩道：「我知道你從來不願聽廢話。」

陸上龍王道：「是的。」

林太平道：「你是不是一定要玉家的人全都死盡死絕？」

陸上龍王道：「是的。」

林太平道：「現在玉家已只剩下一個人。」

陸上龍王道：「是的。」

林太平的手也已握緊，一字字道：「你若殺了她，我也一定要殺一個林家的人。」

陸上龍王沉下了臉，道：「你要殺誰？」

林太平道：「我自己。」

陸上龍王盯著他，眼角的皺紋更深。

這是他的兒子，他骨中的骨，血中的血，這少年身體裡流著的血，也和他是一樣的，一樣的倔強，一樣的驕傲。

誰也不能改變這事實，連他自己都不能。

陸上龍王長長嘆息了一聲，道：「你應該知道，林家人說出的話，是永無更改的。」

林太平道：「我知道，所以我才這麼說。」

他忽又接著道：「我也知道她和你並沒有仇恨，甚至從來沒見過你。」

陸上龍王道：「她又是你的什麼人？你爲什麼一定要她活下去？」

林太平道：「因爲她活下去，我才能活下去。」

陸上龍王道：「你們的情感已如此深？」

林太平咬著唇，道：「本來我也不知道的……」

陸上龍王打斷了他的話，問道：「你什麼時候才知道？」

林太平道：「你要殺她的時候——你殺了她你真的會很愉快？」

陸上龍王沉默著。

林太平道：「你自己也不能確定，是不是？但我卻可以保證，你殺了她之後，一定比不殺她時更難受。」

陸上龍王沉著臉道：「你真的甘心爲她死？」

林太平道：「死並不容易，但也不是什麼太困難的事。」

陸上龍王道：「她呢？她是不是也肯爲你做同樣的事？」

林太平沉默著。

陸上龍王道：「你也不能確定，是不是？」

林太平緩緩道：「那也許因爲他們家的人，並沒有要殺我，並沒有將你們上一代的仇恨，算在我們下一代人的身上。」

陸上龍王目光閃動，突然道：「好，我答應你，可是我有條件。」

林太平道：「什麼條件？」

陸上龍王道：「她若也肯爲你犧牲自己，那就證明你們的情感已足夠深厚，我就讓她走。」

林太平道：「否則呢？」

陸上龍王冷冷道：「否則你就該明白，她根本不值得你爲她死。」

林太平的手握得更緊，道：「你難道是在跟我賭？用她的命來賭？」

陸上龍王道：「這至少賭得很公平，因爲無論勝負都由她自己來決定。」

林太平道：「我怎知是否公平？」

陸上龍王道：「我保證你一定可以看到的，但你也一定要答應我一件事。」

林太平在聽著。

陸上龍王道：「未分勝負之前，你絕不能插手——無論誰都不能插手。」

他目光如刀鋒，一字字接著道：「否則這場賭就算你們輸了。」

帳篷後垂著重簾，暗得很，從外面根本無法看到裡面來。

但簾後的人，卻可以看得見前面發生的事。

王動、紅娘子、郭大路、燕七都已在這裡，也已聽到林太平所說的每句話，每個字。

他們覺得很安慰，因爲林太平並沒有令他們失望。

可是玉玲瓏呢？

現在不但她自己的性命，已被她自己捏著，連林太平的性命都已被她捏在手裡。

這也是林太平自己下的決定，顯然他對她也同樣有信心。

她會不會令他失望？

他們聽到陸上龍王又在問：「你知不知道她以前是個什麼樣的人？」

林太平的回答很簡單：「那已是以前的事，我就算知道，也已忘了。」

陸上龍王道：「她用了什麼手段，使你能如此信任她？」

林太平道：「她用了很多種手段，但有效的卻只有一種。」

陸上龍王道：「哪種？」

林太平道：「她說了真話。」

他一字字緩緩接著道：「她本不必說的，也沒有人逼她，可是她說了真話。」

也不知爲了什麼，聽了這句話，紅娘子的頭忽然垂下。

然後林太平也走了進來，看著他們，目光中充滿了感激。

他的朋友也沒有令他失望。

八個人靜靜的站在帳篷前，冷靜得就像是八個石頭人。

這正是陸上龍王座前的天龍八將，其中無論任何一個人，都足以威震一方。

但玉玲瓏的眼睛裡卻好像根本沒有看見他們。

她身上穿的還是那件賣花女的青布衣裳，昂著頭，從他們之間走過去，走入帳篷。

她臉色很平靜，但目中卻充滿了決心。

然後她就看見了陸上龍王。

陸上龍王並沒有讓她坐，但看著她的時候，目光卻極鋒利。

玉玲瓏也沒有等他開口，就大聲道：「你知道我是誰？」

陸上龍王點點頭。

玉玲瓏道：「我已是玉家最後的一個人，你只要殺了我，就可以達成你的心願。」

陸上龍王沉默了很久，才緩緩道：「那並不是我的心願。」

玉玲瓏道：「不是？」

陸上龍王淡淡道：「那不過是我說過的一句話。」

玉玲瓏道：「你說的每句話都已做到。」

陸上龍王道：「還未做成的只有這一句。」

玉玲瓏道：「你現在也許很快就會做到了。」

陸上龍王道：「也許？」

玉玲瓏道：「也許的意思就是說不定。」

陸上龍王道：「你難道還敢和我交手？」

玉玲瓏冷笑道：「爲什麼不敢，難道你以爲自己真的很了不起？」

她不讓陸上龍王開口，很快的接著又道：「一個人若連自己的妻子和兒子都無法照顧，再了不起也有限得很。」

陸上龍王居然並沒有被激怒，淡淡道：「他們能照顧自己。」

玉玲瓏冷笑道：「那是他們的事，你呢？你有沒有盡到你的責任？世上做父親和丈夫的人，若都跟你一樣，女人和孩子只怕就已快死光了。」

陸上龍王的臉終於沉了下去，沉聲道：「你來就是爲了說這些話？」

玉玲瓏道：「我只是提醒你，你還有個妻子和兒子，你最好莫要忘記他們，因爲他們也並沒有忘記你。」

陸上龍王冷冷道：「現在你已經提醒過了。」

玉玲瓏長長吐出口氣，道：「不錯，該說的話，我也全都說完了。」

她忽然挺起胸，雙手抱拳，道：「請。」

她明知自己面對的是天下無敵的陸上龍王，明知帳外還有威震八表的天龍八將在等著，可是她神情卻絲毫沒有畏懼。

她身子雖然纖弱苗條，但卻充滿了決心和勇氣，此刻這一挺胸抱拳，居然已隱隱有和陸上龍王分庭抗禮的氣勢。

陸上龍王忽然笑了笑，道：「你今年已經有多大年紀？」

玉玲瓏雖然不知道他爲什麼忽然問出這句話，還是回答道：「十七。」

陸上龍王道：「你從幾歲開始練武的？」

玉玲瓏道：「四歲。」

陸上龍王冷笑道：「你只不過練了十三年武功，就已敢來與我交手？」

玉玲瓏也冷笑著道：「我就算只練過一天武功，也一樣是要來跟你一較高低，我們玉家的人無論武功比不比得上你，骨頭總是硬的。」

陸上龍王突然縱聲長笑，道：「好，好硬的骨頭，好大的膽子。」

長笑聲中，他身子忽然從斜榻上騰空而起，就像是下面有雙看不見的手在托著他似的。

玉玲瓏情不自禁，後退了半步。

她認得出這一招正是傳說中「天龍八式」裡的第一式「潛龍升天」。

但她卻從未想到世上真的有人能將輕功練到這樣的火候。

誰知陸上龍王身子騰空，居然還能開口說話，沉聲道：「小心你的左右青靈穴。」

這「青靈穴」在兩肱內側之下，約三分之一處，若被點中，肩臂不舉，不能帶衣。

但你若不將雙臂舉起，別人也根本無法點中你這兩處穴道。

玉玲瓏冷笑著，在心裡想：「我就算不是你的敵手，但你若要點中我的青靈穴，只怕還不容易。」

她下定決心，無論在任何情況下，都絕不將雙臂舉起。

以陸上龍王的身分地位，既然已說明要點她的青靈穴，自然絕不會再向別處下手。

就在這時，陸上龍王的人忽然間已到了她面前，一股強勁的風聲，震得她衣襟飄飄飛起。

她身子一轉，剛想借勢將這一股力量化開，只聽「啪，啪」兩響，左右肩井穴已被拍住，兩條手臂再也舉不起來。

再看陸上龍王，不知何時已又躺在那軟榻上，神態還是那麼悠閒，誰也看不出他剛才曾經出過手的。

玉玲瓏急得臉都紅了，大聲道：「你點的是我的肩井穴，不是青靈穴。」

陸上龍王淡淡道：「這倒用不著你提醒，肩井穴和青靈穴，我倒還分得出。」

玉玲瓏道：「想不到你這麼大一個人，說出來的話也不算數。」

陸上龍王道：「我幾時說過要點你的青靈穴？」

玉玲瓏道：「你剛才明明說過。」

陸上龍王道：「我只不過要你留意而已，和人交手時，身上每一處穴道都該留意的。」

他淡淡接著道：「何況武功一道，本以臨敵應變、機智圓通爲要，我點不中你的青靈穴，自然就只好點你的肩井穴，反正你兩條手臂還是一樣無法舉起，我又何苦要點你青靈穴？你若連這道理都不懂，就算再練一百三十年，也一樣無法成爲高手的。」

他娓娓說來，就好像師傅在教訓徒弟、父叔在教導子侄。

玉玲瓏氣得一張臉又由紅變白，咬著牙道：「好，你殺了我吧。」

陸上龍王道：「你不服氣？」

玉玲瓏道：「死也不服。」

陸上龍王道：「好。」

好字出聲，只聽「嗤」的一聲，也不知是什麼東西從他手中發出，打在她神封穴上。

玉玲瓏只覺一股力量自胸口佈達四肢，兩條手臂立刻可以動了。

隔空打穴，已是江湖中極少見的絕頂武功，想不到這陸上龍王竟能隔空解穴。

玉玲瓏咬了咬牙，顯然已明知對方武功深不可測，也已準備拚了。

誰知她身子剛掠起，一招還未使出，忽然覺得一陣暖風吹過，左右青靈穴上麻了麻，一個人又落在地上，兩條手臂又無法舉起。

再看陸上龍王，已又躺回軟榻，神情還是那麼悠閒，就好像根本沒有動過。

玉玲瓏面如死灰。

她就算再驕傲，現在也已看出，陸上龍王若要取她的性命，只不過是舉手之勞而已。

她那一身也曾震驚過很多人的武功，到了陸上龍王面前，竟變得連出手的機會都沒有。

陸上龍王看著她，淡淡道：「現在你服不服？」

玉玲瓏長長吸進口氣，道：「服了。」

她突又冷笑，很快的接著道：「但我服的只是你的武功，不是你的人。」

陸上龍王道：「哦？」

玉玲瓏道：「你的武功縱然天下無敵，但你的人卻是個氣量偏狹的小人，你就算把我們玉家的人全都挫骨揚灰，也沒有人會服你。」

陸上龍王沉下了臉，道：「小姑娘好利的嘴，竟敢在我面前如此放肆。」

玉玲瓏冷笑道：「我爲什麼不敢？連死我都不怕，還有什麼好怕的。」

陸上龍王目光閃動，喃喃道：「不錯，一個人若已明知自己必死無疑，還有什麼事不敢做，什麼話不敢說的？」

他嘴角忽又露出一絲奇特的笑，接著道：「但我若答應不殺你，又如何？」

玉玲瓏怔了怔，道：「你……你說什麼？」

陸上龍王道：「我非但不殺你，而且絕不傷你毫髮，你我兩家的恩怨，也從此一筆勾銷。」

玉玲瓏道：「真……真的？」

陸上龍王道：「我說的話，幾時有過不算數的？」

玉玲瓏忽然覺得身子發軟，幾乎連站都站不住了。

她剛才面對空前未有的強敵，明知必死，卻還是昂然無懼。

但現在別人已答應不殺她，她兩條腿反而軟了，直到這時她才發現，她本來是不想死的。

一個人只要還能活得下去，又有誰還真的想死呢？

陸上龍王銳利的目光，似已看透了她的心，慢慢的接著道：「只要你答應我一件事，我立刻就讓你走，從此絕不再找你。」

玉玲瓏忍不住問道：「什麼事？」

陸上龍王道：「只要你從此不提你和我兒子訂下的那門親事，從此不再見他。」

玉玲瓏的臉色又變了，顫聲道：「你……你要我從此不再見他？」

陸上龍王道：「從今以後，你只當世上根本沒有他這麼樣一個人，只當從來沒有見過他，你一樣還是能活得很好的。」

他忽又笑了笑，淡淡道：「世上的男人很多，你說不定很快就會忘了他。」

玉玲瓏臉色蒼白，身子又開始顫抖，道：「我若不答應呢？」

陸上龍王悠然道：「你爲什麼不答應？你死了之後，豈非還是一樣見不到他？」

玉玲瓏慢慢的搖了搖頭，喃喃道：「不一樣……絕不一樣。」

陸上龍王道：「有什麼不一樣？」

玉玲瓏淒然一笑，道：「你不會懂的，你這種人永遠都不會懂的。」

她笑得雖淒涼，但目中卻又彷彿充滿了一種神秘的幸福之意。

因爲她已愛過。

這種感覺既沒有任何事能代替，也沒有任何人能奪走。

無論她的愛是苦是甜，至少已比那些從未愛過的人幸福得多。

陸上龍王看到她面上的表情，自已的臉色似已變了，忽然從金樽旁的一隻碧玉壺中，倒出了一杯慘碧色的酒，沉聲道：「你若真的不答應，就將這杯酒喝下去，從此也不再有煩惱。」

玉玲瓏盯著這杯毒酒，一字字道：「我只能答應你一件事。」

陸上龍王道：「什麼事？」

玉玲瓏目光凝視到遠方，道：「我絕不能忘記他，也絕不會忘記他，我無論是死是活，我心裡總有他，無論你有多大的本事，也拿我沒辦法。」

她忽然衝出，將那杯毒酒喝下。

然後她的人也立刻倒下。

可是她的嘴角，卻還是帶著那種神秘的、幸福的微笑。

因爲她知道，此後無論是天上地下，都沒有人再能要她忘記他了……

四

陸上龍王似已怔住。

世上居然真有這種人，這種情感，這的確是他永遠不能瞭解的。

林太平已衝了過去，撲倒在玉玲瓏身上。

陸上龍王沒有去看他，已不忍再去看他。

也不知過了多久，林太平才站起來，臉上毫無血色，眼睛裡卻滿是血絲，瞪著他，嗄聲道：「你答應過我的……」

陸上龍王只長長嘆息了一聲，似也不知道該說什麼了。

林太平道：「你答應過我，一定會做得很公平，但現在……」

陸上龍王打斷了他的話，道：「我知道這並不公平，但世上不公平的事本就很多，一個人若想活下去，就應該學會忍受這種事。」

林太平道：「我學不會，永遠都學不會……」

他臉上的表情，忽然也變得很神秘，很奇特，嘴裡甚至也露出一絲和玉玲瓏同樣的微笑，慢慢的接著道：「我只知道世上絕沒有人能要她忘記我，也絕沒有人能要我忘記她……」

聽到這句話，看到他面上的表情，郭大路的熱淚已忍不住泉水般奪眶而出。

他瞭解這種人，瞭解這種情感。

他知道林太平也不想活了，忍不住跳起來，就要衝出去。

但也不知爲了什麼，王動卻拉住了他，沉聲道：「再等一等。」

郭大路嗄聲道：「現在還等什麼？」

王動的眼睛裡發著光，道：「再等一等你就會知道的。」

但就在這時，林太平已將桌上的那壺毒酒，全都喝了下去。

「我也答應過你，你若殺了她，我也一定要殺一個林家的人。」

他殺了他自己。

他也倒了下去，倒在玉玲瓏身上。

兩個人的嘴角，都帶著同樣的微笑，笑得幸福而神秘……

郭大路眼睛都紅了，正想一把揪住王動，問他爲什麼要他等？

但也就在這時，他忽然聽到一個神秘而動人的聲音：「你輸了。」

一個人忽然出現在帳幕裡，長身玉立，風華絕代，赫然竟是林太平的母親「衛夫人」。

她嘴角竟也帶著同樣神秘的微笑。

郭大路又怔住。

她看著自己的兒子死在面前，怎麼還笑得出？

陸上龍王臉上的表情也很奇特，也不知是愉快？還是痛苦？是得意？還是失望？

過了很久，他才慢慢的點了點頭，長嘆道：「不錯，我輸了。」

衛夫人道：「現在你總該相信，並不是每個人都和你一樣，都是爲了自己活著的，現在你總該知道，世上有很多事都比生命更重要。」

陸上龍王垂下頭，忽又笑了笑，道：「總算我知道得還不太遲。」

衛夫人凝視著他，柔聲道：「還不太遲？」

陸上龍王也抬起頭，凝視著她，道：「不遲。」

兩個人目光中忽然都湧出一種神秘的情感，忽然相視一笑。

他們多年的誤會和恩怨，就彷彿都已在這一笑之中，化作了春風。

本就是刻骨難忘的人，她對他還有什麼不能原諒，不能瞭解的事呢？

可是她的兒子……

陸上龍王眼睛還在凝視著她，微笑著道：「他已喝下了他們一生中最苦的一杯酒，現在你已不妨給他們喝些甜的了。」

衛夫人柔聲道：「大家都應該喝些甜的了……」

她忽然回頭向垂簾中的郭大路他們一笑，道：「現在你們總該已明白是怎麼回事了，爲什麼還不出來喝一杯甜酒？」

郭大路還不明白，燕七卻已明白了。

燕七道：「第一個跟陸上龍王賭的，並不是王老大，是衛夫人。」

王動道：「爲了她兒子一生的幸福，所以她才不惜去找陸上龍王賭。」

燕七道：「她的賭法也跟我們一樣，她知道世上有很多人都可以爲別人犧牲他自己的，所以她贏了。」

她凝視著郭大路，目中也充滿了溫柔之意。

郭大路輕輕握住她的手，柔聲道：「不錯，明白這道理的人，永遠都不會輸的。」

王動道：「陸上龍王給他們喝的那杯酒，當然絕不是真的毒酒。」

當然不是。

因爲林太平和玉玲瓏現在已又站了起來，正緊緊的擁抱在一起。

現在世上已沒有任何人再能拆散他們了，因爲他們有勇氣喝下生命中最苦的那杯酒。

是苦酒，但卻不是毒酒。

你知不知道世上有種神秘的酒，能讓你逃避這塵世片刻，然後再復活？

你知不知道世上本就有很多神秘的事，是特地為了真心相愛的人而存在的？

郭大路轉向王動，道：「你剛才拉住我，難道你早已知道那不是毒酒？」

王動道：「我不知道——但我卻知道，沒有一個做父親的人，能忍心毒死自己的兒子，我相信只要是人，就一定有人性。」

郭大路道：「你有信心？」

王動道：「有！」

郭大路嘆了口氣，道：「這就難怪你也永遠不會輸了。」

垂簾後已只剩下紅娘子和王動。

紅娘子垂著頭，道：「他們都在外面等你，你還不出去？」

王動道：「你呢？」

紅娘子道：「我……我不配跟你們在一起。」

王動道：「為什麼不配？」

紅娘子目中已有了淚光，垂著頭道：「因為我也跟陸上龍王一樣，從來不知道，真正的情感，是用不著用任何手段的，你若要得到別人的真情，只有用自己的真情去換取，絕沒有第二種法子。」

王動道：「但現在你已經知道了？」

紅娘子點點頭。

王動道：「你現在知道總算還不太遲。」

紅娘子霍然抬起頭，凝視著他，目中充滿了希望，道：「現在還不太遲？」

王動也在凝視著她，聲音也變得非常溫柔，柔聲道：「不遲，只要你真的能明白這道理，永遠都不會太遲的。」

他伸出了手，握住了她的手，柔聲道：「所以現在我們也應該跟他們一起去喝杯甜酒，我們的苦酒也已喝得太多了。」

五

酒是甜的，甜而美。只有經得住考驗，受得住打擊的人，才能喝到這種酒。

也只有他們才配喝。

陸上龍王金樽在手，看著他的兒子和媳婦，道：「我虧待了你們，我應該補償，隨便你們要什麼，我都可以給你們。」

林太平道：「我們不要。」

陸上龍王道：「爲什麼不要？」

林太平道：「因爲我們要的，沒有人能給我們，你也不能。」

陸上龍王道：「我也不能給你們？誰能給你們？」

林太平眼睛裡發著光，道：「我們自己，只有我們自己。」

陸上龍王道：「你們究竟要什麼？」

林太平道：「我們要的，現在我們已經有了。」

他握住他妻子的手，充滿了幸福和滿足。因爲他要的是自由、愛情和快樂，現在他全都得到。

這絕不是別人賜給他們的，也絕沒有任何人能給他們。

你若也想要自由、愛情和快樂，就只有用你的信心、決心和愛心去換取，除此之外，絕對沒有別的法子。

絕對沒有。就因爲他們明白這道理，所以他們才能得到。所以他們永遠都很快樂。

誰說英雄寂寞？

我們的英雄就是歡樂的！

《歡樂英雄》全書完

古龍精品集 55

歡樂英雄（下）

作者：古龍
發行人：陳曉林
出版所：風雲時代出版股份有限公司
地址：10576台北市民生東路五段178號7樓之3
電話：(02) 2756-0949　　傳真：(02) 2765-3799
封面原圖：明人出警圖（原圖爲國立故宮博物館典藏）
封面影像處理：風雲編輯小組
執行主編：劉宇青
行銷企劃：林安莉
業務總監：張瑋鳳
出版日期：古龍80週年紀念版2019年1月
ISBN：978-986-146-637-8

風雲書網：http://www.eastbooks.com.tw
官方部落格：http://eastbooks.pixnet.net/blog
Facebook：http://www.facebook.com/h7560949
E-mail：h7560949@ms15.hinet.net
劃撥帳號：12043291
戶名：風雲時代出版股份有限公司

風雲發行所：33373桃園市龜山區公西村2鄰復興街304巷96號
電話：(03) 318-1378　　傳真：(03) 318-1378
法律顧問：永然法律事務所 李永然律師
北辰著作權事務所 蕭雄淋律師

行政院新聞局局版台業字第3595號 營利事業統一編號22759935

定價：240元　

國家圖書館出版品預行編目資料

歡樂英雄／古龍作. -- 再版. --臺北市：
風雲時代, 2010.02
冊；　公分
ISBN: 978-986-146-635-4（上冊：平裝）. --
ISBN: 978-986-146-636-1（中冊：平裝）. --
ISBN: 978-986-146-637-8（下冊：平裝）. --
857.9　　98023708